ぼくの声《こえ》が消《き》えないうちに。

初恋《はつこい》のシーズン

西本紘奈《にしもとひろな》・作
ダンミル・絵

角川つばさ文庫

もくじ

登《とう》場《じょう》人《じん》物《ぶつ》紹《しょう》介《かい》

月読《つくよみ》ライト

インターネットで全世界的《ぜんせかいてき》に有名《ゆうめい》な、天才作曲家《てんさいさっきょくか》。
唯以《ゆい》のために
イギリスからやってきた。

虹《にじ》ヶ《が》丘《おか》唯《ゆ》以《い》

どこから見《み》ても「フツー」
そのものの女《おんな》の子《こ》。
どんなことにも、ちょっと
冷《さ》めた見方《みかた》をしがち。

赤《あか》坂《さか》日《ひ》向《なた》

唯以《ゆい》のクラスメート。
男子《だんし》にも女子《じょし》にも
親切《しんせつ》なクラスの
人気者《にんきもの》。

柊木《ひいらぎ》カナ

唯以《ゆい》の親友《しんゆう》。
勝《か》ち気《き》な性格《せいかく》の
女《おんな》の子《こ》。

「ずっと、探《さが》していたんだ
——おまえのこと」

わたし、唯以《ゆい》。小学《しょうがく》6年生《ねんせい》。
どこから見《み》ても
〝フツー〟な子《こ》だと思《おも》う。
(でもきっと、
みんなそんなもんだよね?)

そんなわたしが、ある日《ひ》
全身《ぜんしん》からキラキラ、光《ひかり》を放《はな》ってるみたいな
超《ちょう》かっこいい男子《だんし》から
手《て》をさしのべられたの!

おれの曲《きょく》を
歌《うた》ってくれ!

って、
ええ〜〜〜っ!?
……………

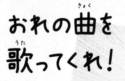

彼《かれ》、月読《つくよみ》ライトは、
全世界《ぜんせかい》でブレイク中《ちゅう》の
天才作曲家《てんさいさっきょくか》。

そんなの…ムリに決《き》まってるじゃん!!!!!

王子《おうじ》さまに選《えら》ばれちゃった「フツーの子《こ》」の

一生《いっしょう》、忘《わす》れられない
恋《こい》のお話《はなし》…

つづきは
小説《しょうせつ》を読《よ》んでね!

0 プロローグ〜さしのべられた手《て》

「――やっと、見《み》つけた」

ダークブルーの瞳《ひとみ》が、光《ひかり》を発《はっ》しているように、わたしを、つかまえていた。

（は……？）

目《め》が、そらせない。

わたし、虹ヶ丘唯《にじがおかゆい》は、おどろきのあまり、ぽかんと口《くち》を開《あ》けてしまう。

「……あの、あんた、ひとちがいしてない？」

「ちがう、おまえだ」

つい、こぼしたことばを、彼《かれ》が、すぐさま、否定《ひてい》した。

きれいな手《て》が、わたしに、さしのべられる。

ガラスの靴《くつ》を持《も》つのが、にあいそうな、繊細《せんさい》な指《ゆび》。

まばゆい金色《きんいろ》の髪《かみ》が、王冠《おうかん》のように、太陽《たいよう》の光《ひかり》にきらめいた。

「ずっと、おまえを、さがしていたんだ。……おれと、つきあえ」

「はああああああ⁉」

なに言《い》ってんの、こいつ⁉

……こうして、わたしの波乱万丈《はらんばんじょう》な毎日《まいにち》が、はじまってしまったのだった。

1 月読《つくよみ》ライトって知《し》ってる？

話《はなし》はすこしだけ、さかのぼる。
いつもとおなじ、小学校《しょうがっこう》の朝《あさ》。
それが、かわったのは、朝《あさ》の授業前《じゅぎょうまえ》だった。
いつものように教室《きょうしつ》にやってきた、担任《たんにん》の先生《せんせい》。
だけど、いつもと、ちがうことを、つげたのだ。
「転校生《てんこうせい》を紹介《しょうかい》します。月読《つくよみ》さん、こっち」
先生《せんせい》によばれて、教室《きょうしつ》にはいってきたのは、ひとりの男子《だんし》。
ただし、あきらかに「ふつう」とちがう存在《そんざい》だった。
(うわっ、きれーな子《こ》……！)
おもわず、そんな感想《かんそう》が、わたしの頭《あたま》にうかぶ。

背《せ》が高《たか》く、大人《おとな》びた外見《がいけん》。

キラキラの金髪《きんぱつ》と、濃《こ》い青《あお》の瞳《ひとみ》。

こんなに、かっこいい男子《だんし》、はじめて見《み》る。

なにより、彼《かれ》は、まとう雰囲気《ふんいき》が、ちがう。

芸能人《げいのうじん》には会《あ》ったことないけれど、こんな感《かん》じなのかな。

おなじ空気《くうき》を吸《す》って、おなじように食《た》べたり飲《の》んだりすることが、信《しん》じられないくらい。

なにもかもが、〝トクベツ〟って、感《かん》じ！

（おなじ人間《にんげん》とは思《おも》えない）

「今日《きょう》から、このクラスになった、月読《つくよみ》ライトさんです」

先生《せんせい》が紹介《しょうかい》したとたん、クラスの女子《じょし》が、「……も、もしかして」と、息《いき》をのむ。

「月読《つくよみ》ライト⁉」

「えっ、ほんもの⁉」

「うそ！　なんでここに⁉」

女子《じょし》がいっせいに、さわぎだす。

えっ、なんだろう、この反応《はんのう》。

もしかして、転校生《てんこうせい》って、有名人《ゆうめいじん》？
わたし、ぜんぜん、知《し》らないんだけど……。
とまどうわたしを、前《まえ》の席《せき》に座《すわ》る女子《じょし》がふりかえる。
「ねえねえ唯以《ゆい》、すごいね！　あの子《こ》、月読《つくよみ》ライトにそっくり！　てか、本人《ほんにん》かも！」
たのしそうに、ささやいてきたのは、わたしの親友《しんゆう》。
柊木《ひいらぎ》カナ。
派手《はで》な顔《かお》だちと、キッパリした話《はな》し方《かた》のせいで、ちょっとコワそうに見《み》られがち。
けど、じつは純真《じゅんしん》で、とっても親切《しんせつ》な、いい子《こ》なんだ。
（もっとも、それを知《し》ってるのは、わたしだけなんだけど）
なにせ、見《み》た目《め》で誤解《ごかい》されやすいからね。
そんなカナと親《した》しいわたしは、いたってフツーの6年生《ねんせい》。
勉強《べんきょう》は、できるほうかもしれないけど、まあまあってところ。
いわゆる、モブ女子《じょし》。
──なーんて、こんな言《い》いかた、われながら、ひねくれてるよね。
自分《じぶん》で言《い》うのもなんだけど、わたし、精神的《せいしんてき》に、大人《おとな》びてるって、よく言《い》われる。

だからかな？

なんか、ほかの子《こ》みたいに、すなおに感動《かんどう》したり泣《な》いたり、できないんだよね。

ぜったい泣《な》けるっていう、アニメ映画《えいが》を観《み》ても。

〝そこまで泣《な》ける？〟とか。

〝よくある恋愛《れんあい》モノだなー〟とか。

いっつも、ちょっと冷《さ》めた目《め》で見《み》ちゃう。

しかも、それを口《くち》に出《だ》しちゃうんだ。

おかげで、女子《じょし》からは、びみょうに距離《きょり》をおかれてる。

ふつうていどには、話《はな》すけどね。

ま、どこにでもいる、友達《ともだち》のすくない女子《じょし》ってこと。

そのせいか、みんなが夢中《むちゅう》で話《はな》してる〝月読《つくよみ》ライト〟とかいうのも、知《し》らない。

だから、カナに、問《と》いかける。

「カナ、月読《つくよみ》ライトって、なにもの？」

「あ、もしかして、唯以《ゆい》は知《し》らない？　ネットの動画《どうが》で、超有名《ちょうゆうめい》なんだよっ」

「うち、動画《どうが》は禁止《きんし》されてるからなぁ」

「そういえば、そうだっけ。じゃあ、おしえてあげるね！」

カナは小声《こごえ》で、えっへん！　と語《かた》りだす。

「月読《つくよみ》ライトって、いま、ネットで大人気《だいにんき》の音楽P《おんがくプロデューサー》なの。まあ、作曲家《さっきょくか》ね。

日本人《にほんじん》だけど、イギリスに住《す》んでて、活動《かつどう》は、おもにネット。

つくった曲《きょく》は、全世界《ぜんせかい》で何百万《なんびゃくまん》、何千万《なんぜんまん》って再生回数《さいせいかいすう》なの！」

「えっ、それが、あいつなの？」

おもわず、黒板《こくばん》の前《まえ》に立《た》つ、転校生《てんこうせい》に目《め》をやる。

たしかに、目《め》をひく存在《そんざい》だけど……。

「どう見《み》ても、わたしたちと、同《おな》い年《どし》だよ？」

「だから、よけいに、注目《ちゅうもく》されてるんだよ。顔《かお》もいーしね」

「へえ……」

（すごいなぁ、そういう、好《す》きなことがあって、しかも才能《さいのう》があるとか）

わたしとは、正反対《せいはんたい》。

なにせ、わたしなんて、とくべつな才能《さいのう》はゼロ。

カナみたいに「将来《しょうらい》はデザイナーか、アパレルの店員《てんいん》になりたい」なんて夢《ゆめ》も、ない。

そもそも、好《す》きなことも、趣味《しゅみ》も、特技《とくぎ》も、とくにない。

なにもかも、ふつうの、おもしろみのないやつ。

将来《しょうらい》も、無難《ぶなん》に公務員《こうむいん》になれたらいいな、とか、そんなていど。

亡《な》くなったおばあちゃんは、わたしのことを〝トクベツな子《こ》〟って言《い》ってくれたけど……。

そんなことを信《しん》じてるほど、わたしももう子《こ》どもじゃない。

たぶん、フツーのわたしは、このまま、フツーに、どこにでもいる大人《おとな》になるんだろう。

もう6年生《ねんせい》だもの。

自分《じぶん》の未来《みらい》なんて、あるていど想像《そうぞう》つくよね。

つまり、転校生《てんこうせい》は、わたしには縁《えん》のない世界《せかい》の住人《じゅうにん》ってこと。

今日《きょう》からクラスメートって言《い》われても、信《しん》じられないくらい。

（……ま、おなじクラスって言《い》っても、しゃべることも、なさそうだよね）

わたしの心《こころ》は、やっぱり、どこか、冷《さ》めている。

うわついた、クラスの空気《くうき》とは、おおちがい。

カナの「おどろきだよね」っていう、ことばに、うなずきつつ、冷《ひ》ややかに転校生《てんこうせい》をながめる。

先生《せんせい》が、やっとすこし静《しず》かになってきたクラスに、説明《せつめい》した。

「月読《つくよみ》さんは、イギリスから来《き》たので、いろいろ日本《にほん》になれていないと思《おも》うから、みんなでたすけあいましょうね」

なんで、イギリスから、こんな、ふつうの街《まち》に……。

ちょっとひっかかったけれど、まあ、どうでもいい。

彼《かれ》の事情《じじょう》なんて、わたしには関係《かんけい》ないしね。

そう、思《おも》ったのだけれど。

月読《つくよみ》ライトは、ざわめきが止《と》まらないクラスのみんなを、きょろきょろと見《み》まわして。

やがて、「やっと、見《み》つけた」と、ちいさくつぶやいた。

(あれっ？　なんか……目《め》が合《あ》ってる？)

とまどう、わたしに、むかって。

月読《つくよみ》ライトが、ずんずんと歩《ある》いてくる。

どうして？　と、思《おも》うひまもない。
彼《かれ》は、わたしのつくえの前《まえ》で、たちどまった。
自信《じしん》にあふれた笑《え》みをうかべ、深《ふか》いダークブルーの瞳《ひとみ》でわたしを見《み》おろす。
そして、エラそうな声《こえ》で、告《つ》げたのだ。
「おれと、つきあえ」――――と！
（なに言《い》ってんの、こいつ！）
がたん！　と、おおきく音《おと》を鳴《な》らし。
わたしの椅子《いす》が、床《ゆか》にたおれた。

2 どういうつもり!?

月読《つくよみ》ライトの発言《はつげん》で、クラスはもちろん、おおさわぎになった。

先生《せんせい》に注意《ちゅうい》され、なんとか、授業《じゅぎょう》がはじまったのだけれど……。

国語《こくご》の時間《じかん》、わたしもみんなも、ソワソワしっぱなし。

まじめに授業《じゅぎょう》をうける月読《つくよみ》ライトの横顔《よこがお》を、みんなで、チラ見《み》しまくっちゃう。

そうして、なんとか1時間《じかん》めの授業《じゅぎょう》がおわり、やすみ時間《じかん》。

わたしは、教室《きょうしつ》のまんなかで、月読《つくよみ》ライトと、むかいあっていた。

「いったい、どういうつもり?」

あんなヘンなこと言《い》われて、無視《むし》なんて、できない。

わたしは月読《つくよみ》ライトをにらみつける。

「そーだよ、月読《つくよみ》。唯以《ゆい》に、説明《せつめい》しなよ」

わたしに味方《みかた》するように言《い》ってくれたのは、カナだ。

ほかの女子《じょし》は、わたしたちの会話《かいわ》に、注目《ちゅうもく》している。

男子《だんし》も、興味《きょうみ》しんしんって感《かん》じ。

月読《つくよみ》ライトが、わたしを見《み》た。

「どういうつもりも、なにも、さっき、言《い》ったとおりだ」

「だから、それが、意味不明《いみふめい》だって言《い》ってるの。急《きゅう》に、ひとにむかって……つ、つきあえとか、なんとか……こっちは、すごい迷惑《めいわく》なんだけど」

「たしかに、説明《せつめい》が必要《ひつよう》だな。あらためて自己紹介《じこしょうかい》する。おれは作曲家《さっきょくか》、月読来音《つくよみらいと》。ライトと呼《よ》べ。世界的《せかいてき》に人気《にんき》のある、若《わか》き天才《てんさい》だ」

「えっ、あんた、それ、自分《じぶん》で言《い》う内容《ないよう》？」

おどろくわたしに、月読《つくよみ》ライトが、ふしぎそうに、首《くび》をかしげた。

「おれは、事実《じじつ》を言《い》っただけだ」

「ふつう、いくら才能《さいのう》があっても、自分《じぶん》では言《い》わないんだよ。ナルシストなの？」

「失礼《しつれい》な。じっさいに、名声《めいせい》があるのに、かくしているほうが嫌味《いやみ》だと思《おも》わないか？」

……うっ、たしかに、正論《せいろん》。

月読《つくよみ》ライトが、〝とうぜん〟って顔《かお》で、わたしを見《み》おろす。

そのすがたまで、サマになっていて、なんだか、くやしい。

いや、でも、と、かんがえなおして、月読《つくよみ》ライトの視線《しせん》をうけとめる。

「だからって、言《い》いかたってものがあるでしょ。自分《じぶん》で天才《てんさい》とか、恥《は》ずかしくない？」

「べつに。真実《しんじつ》だからな」

「うわっ」

さらりと言《い》う、月読《つくよみ》ライト。

かっこつけているわけじゃない。

本気《ほんき》で、そう思《おも》っているようだった。

「あんたって、すごい自信家《じしんか》だね……！」

「そうだな」

「そこも、みとめるんだ!?」

会《あ》ったばっかりだけど、月読《つくよみ》ライトって、かなりヘン！

トクベツなひとって、どこか、変《か》わってるものなのかも。

うしろで、女子《じょし》のだれかが「虹ヶ丘《にじがおか》さん、ライトくんにむかって、そんな言《い》いかた……」と、おどろいている。

けど、わたし、事実《じじつ》しか言《い》ってない。

ついでに言《い》うと、月読《つくよみ》ライトも、じゅうぶん、言《い》いかえしてるよね。

これ、おあいこじゃない？

月読《つくよみ》ライトが、「とにかく」と、咳《せき》ばらいをした。

「そんなわけで、すでに人気《にんき》はあるが、それに甘《あま》えず、あたらしい挑戦《ちょうせん》をしようと思《おも》ってな。今《こん》回《かい》の新曲《しんきょく》には、歌い手《ボーカル》をつけるつもりでいる。ふだん、ＡＩに歌《うた》ってもらっているからな」

「へー」

わたしには関係《かんけい》ないし、興味《きょうみ》もない。

かわりに、女子《じょし》がいっせいに、さわぎはじめた。

「月読《つくよみ》ライトが、ボーカルをつけるなんて、新鮮《しんせん》！」

「歌《うた》い手《て》の〇〇さんとか、合《あ》いそう〜」

「一流《いちりゅう》アーティストがいいよ、ぜったい！」

しかし、月読《つくよみ》ライトは、「いや」と、みんなに、首《くび》を横《よこ》にふった。

「いろんな歌《うた》い手《て》に会《あ》ったし、音源《おんげん》もチェックした。だけど、おれの理想《りそう》とはちがうんだ」

えええー！　と、女子《じょし》の合唱《がっしょう》がひびく。

カナが、こそっと、わたしに耳打《みみう》ちした。

「ちょっと、唯以《ゆい》……なんかこのながれ、もしかして」

ん？　カナってば、どうしたんだろう。

わたしが、きょとん、としていると。

月読《つくよみ》ライトが、ことばをつづけた。

「そんなある日《ひ》、ぐうぜん、この学校《がっこう》のミュージカル動画《どうが》を、知《し》りあいに見《み》せてもらったんだ。

——それで、おまえを見《み》つけた」

「へっ……？」

たしか、去年《きょねん》の芸術発表会《げいじゅつはっぴょうかい》で、わたしのクラスはミュージカルをやった。

女子《じょし》にしては声《こえ》が低《ひく》いわたしは、ひとりで、魔女《まじょ》の役《やく》をやることになって……。

わたしのせなかに、なんだかイヤな汗《あせ》がながれる。

月読《つくよみ》ライトが、ふっ、と、わたしに笑《わら》いかけた。

「おまえの歌声《うたごえ》を聴《き》いて、ピンときた。それで、すぐに、こうして日本《にほん》に来《き》たわけだ。

この学校《がっこう》の名前《なまえ》は、知《し》りあいにおしえてもらったし、問題《もんだい》なかった。

というわけで――――」

月読《つくよみ》ライトの、蒼《あお》い瞳《ひとみ》がわたしを見《み》すえる。

ことわられるとは、ちっとも思《おも》っていないようすで。


「――――おまえに、おれの歌《うた》い手《て》になってほしい」


ええ――――!

とつぜんの爆弾発言《ばくだんはつげん》に、わたしは、目《め》を見《み》ひらいた。

「いや、むりに決《き》まってるでしょ!?」

つい、大声《おおごえ》になる。

月読《つくよみ》ライトが、信《しん》じられないって顔《かお》をした。

「なに言《い》ってるんだ? このおれの曲《きょく》を歌《うた》えるんだぞ? 光栄《こうえい》だろう」

「なに言《い》ってるんだは、こっちのセリフですけど!? ふつうにかんがえて、やらないでしょ!」

「どうして、やらないんだ」

「いや、わたし、フツーのひとだから! 歌手《かしゅ》とかの勉強《べんきょう》もしてないし! むりがあるよ!」

いきなり、プロの作曲家《さっきょくか》の曲《きょく》を歌《うた》えって……冗談《じょうだん》じゃない！

常識的《じょうしきてき》にかんがえて、ヘンだよ‼

ぜったい、プロにまかせるべきだ。

ところが、月読《つくよみ》ライトは、びくともしなかった。

「だいじょうぶだ。問題《もんだい》ない」

「問題《もんだい》、大《おお》ありだよ！　バカじゃないの⁉」

「このおれが、バカ？　ありえないな」

「自覚《じかく》がないとか、そうとうなバカ！」

自信家《じしんか》すぎるって思《おも》ってたけど、ここまでとは……！

ほんと、すくいようがない！

（ああ、もう、どうすればいいわけ？）

いつのまにか、教室中《きょうしつじゅう》が、しんとしていた。

女子《じょし》の目線《めせん》がつきささってくる。

ウソでしょ、とか、なんでアンタが、って思《おも》ってるのが、まるわかり。

（いや、そんな目《め》で見《み》られても！）

わたしは、そっと、ため息《いき》をつく。

「とにかく、わたしには、むり。ほかのひとに、たのんでよ」

けれど。

月読《つくよみ》ライトは、「ふん」と、えらそうに、あごをそらしてみせた。

「おれは、かならず、おまえに歌《うた》わせる」

「えっ、ひとの話《はなし》、きいてた⁉」

わたしの問《と》いに答《こた》えず、月読《つくよみ》ライトは「そういえば」と首《くび》をかしげた。

「ところで、おまえの名前《なまえ》は？」

「わたしの名前《なまえ》も知《し》らずに、よく歌《うた》い手《て》になれとか言《い》えたね⁉」

（こいつとは、ぜったい、なかよくなれない！）

月読《つくよみ》ライト。

有名作曲家《ゆうめいさっきょくか》で、かっこよくて、〝トクベツ〟で。

なにより、ひとの話《はなし》をきかないやつ！

わたしにとって、月読《つくよみ》ライトの印象《いんしょう》は、サイアクだった。

3 シンデレラなんかじゃない！

それから、月読《つくよみ》ライトの、迷惑《めいわく》な勧誘《かんゆう》がはじまった。

やすみ時間《じかん》になると、わたしの席《せき》に、やってくる。

「おい、唯以《ゆい》」なんて、どうどうと、ひとの名前《なまえ》を呼《よ》んで。

「このおれの曲《きょく》を歌《うた》えるんだぞ、よろこんでもいいはずだ」

「自信《じしん》ありすぎでしょ！　ていうか、勝手《かって》に名前呼《なまえよ》びしないでくれる!?」

そくざに、拒否《きょひ》する、わたし。

ところが、月読《つくよみ》ライトは、あきらめない。

授業中《じゅぎょうちゅう》も、ふと気《き》づけば、わたしのことを、見《み》つめてくる。

おかげで、こっちは、おちつかない！

そのくせ、先生《せんせい》にあてられたら、月読《つくよみ》ライトは、ちゃんと答《こた》えるんだよね。

顔《かお》が良《よ》くて、才能《さいのう》があって、頭《あたま》もいいって、ずるすぎない？

算数《さんすう》の、むずかしい問題《もんだい》を、サラサラと解《と》く月読《つくよみ》ライトのすがたに、眉《まゆ》をよせてしまう。

女子《じょし》は、たいてい、「さすが月読《つくよみ》くん」なんて言《い》ってるけどさ。

（まあ、なんでもできるし、自信満々《じしんまんまん》になるのも、とうぜんかも）

しかし、カンベンしてほしい。

給食《きゅうしょく》の時間《じかん》も、どうどうとわたしのとなりに座《すわ》ろうとするし。

「ちょっと、自分《じぶん》の席《せき》にもどりなよ！」

わたしが言《い》っても、無視《むし》。

「おまえを説得《せっとく》するためだ」って。

カナが「月読《つくよみ》、じゃま！」って、わりこんでくれて、たすかった。

放課後《ほうかご》なんて、もうサイアク。

授業《じゅぎょう》がおわったとたん、わたしの席《せき》に、やってくる。

「唯以《ゆい》、いったい、なにが不満《ふまん》なんだ？」

「おれの楽曲《がっきょく》にふさわしいのは、おまえしかいない」

……毎日《まいにち》、毎日《まいにち》、この調子《ちょうし》。

女子《じょし》の何人《なんにん》かが、わたしに、忠告《ちゅうこく》してきたりも、するんだけどさ。

〝あの月読《つくよみ》ライトに、虹ケ丘《にじがおか》さん、態度《たいど》わるいよ〟とか。

〝もうすこし、かんがえてみてあげたら？〟とか。

けど、じっさい、おいまわされる立場《たちば》にも、なってみてほしい。

こんなの、迷惑以外《めいわくいがい》の、なんでもないって！

わたしは、ランドセルを持《も》って廊下《ろうか》を走《はし》りながら、どなりかえす。

「わたしには、荷《に》が重《おも》いから、あきらめて！」

「プロか、せめて、歌《うた》いたいひとに、たのみなよ！」

あと、ひとの名前《なまえ》、大声《おおごえ》で呼《よ》びすてにしないでほしい。

けど、月読《つくよみ》ライトは、かろやかにわたしを追《お》ってきて、言《い》う。

「おまえが、いい。おまえでないと、だめだ」

見《み》とれるほどかっこいい顔《かお》で、真剣《しんけん》に言《い》われて、一瞬《いっしゅん》、ドキッとしちゃったけど……。

「……いや、ふつうに、むりだから！」

だって、プロの曲《きょく》を歌《うた》うって、そうとうなプレッシャーだよ？

そんな度胸《どきょう》、わたしには、ゼロ！

断言《だんげん》すると、月読《つくよみ》ライトが、舌打《したう》ちをした。

「むり、むり、って、おまえは、そればかりだな。……めんどうなやつ」

はあ？

ちょっと、こいつ、失礼《しつれい》すぎない⁉

カチンときたわたしは、たちどまって、ライトを、にらみつけた。

「ちょっと、めんどうって、なに⁉」

「おまえが、すなおに、うなずかないからだ」

「すなおに、なんども、ことわってるんだけど！　イヤがってるの、わかんないの⁉」

月読《つくよみ》ライトが、心底《しんそこ》、ふしぎという顔《かお》をした。

「なぜ、イヤなんだ？」

「それは――」

わたしが言《い》うより、はやく。

月読《つくよみ》ライトの声《こえ》が、廊下《ろうか》にひびきわたった。


「――このおれが、おまえを、シンデレラにしてやるのに」


「は……⁉」

わたしの肩《かた》が、おおきく、ゆれた。

〝シンデレラにしてやる〟。

まるで、おとぎばなしの魔法使《まほうつか》いみたいなことば。

それが、わたしの胸《むね》に、つきささる。

……そんなこと、不可能《ふかのう》に、決《き》まってるのに。

「……バカじゃないの……」

ふりしぼるように声《こえ》を出《だ》し、わたしは、ぎゅっと、こぶしをにぎりしめる。

そのまま、いきおいよく、走《はし》り出《だ》した。

「あっ、おい」という、月読《つくよみ》ライトの声《こえ》は、聞《き》かないふりをして。


にげだしたさきは、校内《こうない》にある、ちいさな水田《すいでん》。

そよそよと風《かぜ》になびく、まだ青《あお》い稲《いね》を見《み》ながら、ため息《いき》をつく。

(……シンデレラって。むりに決《き》まってるでしょ)

かんがえてみてほしい。

地味《じみ》で平凡《へいぼん》なわたしが、いきなり歌《うた》い手《て》なんて。

しかも、月読《つくよみ》ライトの、なんて。

ぜったい、失敗《しっぱい》する。

マンガやドラマとは、ちがうんだ。

ここから、かくれた才能《さいのう》が開花《かいか》……なんて、ありえない。
(だって、わたしは、自分《じぶん》が〝トクベツ〟じゃないって、知《し》ってる)
まあね、わたしだって、子《こ》どものころは、カンチガイしたりしたよ。
まわりにも、かしこいね、とか、言《い》われたし。
けど……それ、かんっぜんに、思《おも》いちがい!
かしこいって言《い》っても、クラスでは、ってていど。
1年生《ねんせい》のころは、自信満々《じしんまんまん》で人生《じんせい》が順風満帆《じゅんぷうまんぱん》だった。
2年生《ねんせい》のときも、なんでもできて、いい気《き》になってた。
けど、3年生《ねんせい》で、うまくいかないことも、ふえてきて。
4年生《ねんせい》になって、5年生《ねんせい》になって、6年生《ねんせい》になって。
大人《おとな》に近《ちか》づいてきて、やっと気《き》づいたんだ。
あー、わたしって、フツーのひとだったんだ、って。
おばあちゃんが、ほめてくれたのは、身内《みうち》だから。
めっちゃくちゃ恥《は》ずかしいよね。
自分《じぶん》がトクベツだ、って思《おも》ってたんだもん。

世《よ》の中《なか》には、もっと特別《とくべつ》なひとが、いっぱいいた。

わたしとおなじくらいの年齢《ねんれい》で、オリンピックにいったり、芸能人《げいのうじん》になったりする子《こ》ね。

けど、わたしは、そうじゃない。

フツーのわたしには、失敗《しっぱい》の責任《せきにん》がとれないし、ひとから叩《たた》かれるのもイヤだ。

(おばあちゃん、やっぱりわたし、フツーのひとだよ)

ポケットから、亡《な》くなったおばあちゃんにもらった、おまもりを出《だ》して、語《かた》りかける。

シンデレラは、もともと、お嬢《じょう》さまだったから、王子《おうじ》と結婚《けっこん》しても、やっていけたのだ。

はあ……、と、もういちど、息《いき》をおもいきり吐《は》きだす。

そこへ、うしろから、かるく声《こえ》をかけられた。

「あっれー、虹ケ丘《にじがおか》、こんなとこで、なにしてんの?」

(! この声《こえ》は——)

おまもりをしまい、ふりむくと、おなじクラスの男子《だんし》が立《た》っていた。

赤坂日向《あかさかひなた》。

おおきな瞳《ひとみ》で、あかるい雰囲気《ふんいき》が、目《め》にまぶしい。

オシャレで、いつもクラスの中心《ちゅうしん》にいる男子《だんし》だ。

ついでに言《い》うと、わたしとカナが、クラスで浮《う》いているとき、場《ば》になじませてくれるひとでもある。

「もしかして、虹ヶ丘《にじがおか》、また月読《つくよみ》から逃走中《とうそうちゅう》？」

わたしをのぞきこむ、赤坂《あかさか》の、おおきな瞳《ひとみ》。

そこには、ほかの男子《だんし》みたいに、からかうようすはない。

あくまでも、さわやかで、気軽《きがる》。

だから、わたしも、つられて、さっきまでの気分《きぶん》が、ふわりとかるくなった。

わたしは、かるい苦笑《くしょう》をこぼして、赤坂《あかさか》に、うなずく。

「まあね。いま、逃《に》げてきたところ」

「やっぱり？　タイヘンそうだね。おつかれ」

「はは……心配《しんぱい》してくれるのなんて、赤坂《あかさか》とカナくらいだよ。ありがと」

「まあね。おれ、やさしーから」

にひひ、と、冗談《じょうだん》っぽく笑《わら》う赤坂《あかさか》に、ちいさく、ふきだす。

「それ、自分《じぶん》で言《い》うことじゃないでしょ」

「いや、おれのばあい、自分《じぶん》で言《い》わないと、だれも言《い》ってくれねーから！」

「ドヤ顔《がお》で言《い》うこと？」

ふふ。おちこんでたのに、笑《わら》っちゃう。

（赤坂《あかさか》って、ほんと、いいやつだよね）

女子《じょし》にも男子《だんし》にも、人気《にんき》があるの、わかるよ。

赤坂《あかさか》が、となりにすわり、問《と》いかけてきた。

「それにしても、マジで虹《にじ》ケ丘《がおか》、だいじょうぶ？」

「月読《つくよみ》のこと？」

赤坂《あかさか》のことばに、わたしは、げんなりと、肩《かた》をおとす。

「いいかげん、あきらめてほしいよね。わたしの、なにが良《い》いんだか」

あきれた声《こえ》で言《い》うと。

「え？　おれは、月読《つくよみ》の気持《きも》ちも、ちょっと、わかるけど？」

赤坂《あかさか》が、ぱちりと、まばたきをした。

ええー!

「赤坂《あかさか》、てきとうなこと言《い》わないでよ!」

「いや、ほんとだって。去年《きょねん》のミュージカル、じっさい、虹ヶ丘《にじがおか》の歌《うた》、よかったし!」

「調子《ちょうし》いいこと言《い》うなあ」

「本気《ほんき》、本気《ほんき》。虹ヶ丘《にじがおか》、声《こえ》、きれいじゃん」

にこにこと笑《わら》う赤坂《あかさか》の顔《かお》は、無邪気《むじゃき》だ。

(声《こえ》がきれいなんて、はじめて言《い》われたけど)

まあ、でも、そういう問題《もんだい》じゃない。

「えーと、ほめてもらえるのは、ありがたいけどさ。そもそも、月読《つくよみ》ライトのばあい、いろいろ、迷惑《めいわく》なんだよ」

「ああ、〝つきあえ〟とか言《い》いだしたりね」

「女子《じょし》から反感買《はんかんか》いまくりだよ」

「わかる。おれも、あのときは、すっげえ、あせったもん」

「……あせる?」

なんで、赤坂《あかさか》が、あせるんだろう。

赤坂《あかさか》が、あわてて手《て》をふった。

「あっ、いや、なんていうか……とにかく、月読《つくよみ》はそういうつもりは、ないんだろうけど」

「そりゃそうでしょ。だいたい、あいつ、わたしに対《たい》しての口《くち》も態度《たいど》も、サイアクだし」

今日《きょう》なんて、目《め》の前《まえ》で舌打《したう》ちされたことを話《はな》す。

「わたし、あいつとは、ぜったい、なかよくなれないって確信《かくしん》したね。なのに、わたしが月読《つくよみ》ライトとつきあってるって、勝手《かって》に誤解《ごかい》してる子《こ》もいるんだから」

「……へえ。そうなんだ？」

「そうだよ。やってられないよね」

口《くち》をとがらせていると、赤坂《あかさか》が、ふと、つぶやいた。

「……なら、いっそ、さ」

ふいにまじめになった赤坂《あかさか》の声《こえ》に、わたしはふりむく。

赤坂《あかさか》はゆれる稲《いね》を見《み》つめたまま、言《い》った。

「いっそ、おれと、つきあってることにしちゃう？」

「……へ？」

赤坂《あかさか》ってば、なに言《い》いだすの？

おもわず、まじまじと、赤坂《あかさか》を見《み》る。

赤坂《あかさか》の横顔《よこがお》にかかった髪《かみ》のせいで、表情《ひょうじょう》はよく見《み》えない。

「赤坂《あかさか》、あんた、調子《ちょうし》のいいこと言《い》いすぎじゃない？」

いっそ、心配《しんぱい》になってしまう。

だって、だれにでもこんなこと言《い》ってたら、誤解《ごかい》する子《こ》、出《で》てくるよ？

赤坂《あかさか》は、けっこう女子《じょし》に人気《にんき》があるんだから。

わたしが言《い》うと、赤坂《あかさか》が、やっと顔《かお》をむけた。

「……じょーだんだって！」

ちょっとこまったように、眉《まゆ》をさげて、赤坂《あかさか》は笑《わら》う。

「わかってるけどさ」

「ごめん、ごめん！　たまには、虹ヶ丘《にじがおか》を、おどろかせようと思《おも》ってさ」

あかるい笑顔《えがお》で、赤坂《あかさか》が手《て》をあわせてあやまってくる。

そして、わたしがなにか言《い》うより早《はや》く、「それにしても」と、話題《わだい》を変《か》えた。

「態度《たいど》はともかくさ、月読《つくよみ》、よく、ねばるよな」

「ああ、まあ、それは言《い》えてる」

わたしだったら、いちどことわられたら、あきらめると思《おも》う。

(……根性《こんじょう》だけは、ちょっとすごいかも)

「おれは、よくわかんねーけどさ」

赤坂《あかさか》が、あかるく笑《わら》いかけてくる。

「虹《にじ》ケ丘《がおか》、歌《うた》うの、試《ため》してみれば？　けっこう、たのしいかもよ？」

「たのしい？」

予想外《よそうがい》のことばに、わたしは、おどろいてしまう。

赤坂《あかさか》が、にこにことうなずいた。

「虹《にじ》ケ丘《がおか》、ミュージカルのときも、すげえ練習《れんしゅう》してたじゃん？　歌《うた》うこと、むいてると思《おも》う」

去年《きょねん》のことなんて、赤坂《あかさか》、よくおぼえてるなあ。

しかも、わたしの練習《れんしゅう》、見《み》てたんだ？　気《き》づかなかった。

「でも、わたし、ふつうにしか、練習《れんしゅう》してないよ？」

赤坂《あかさか》は、ちいさく笑《わら》って、肩《かた》をすくめた。

「そ？　ま、おれは、そう思《おも》ったってだけ。虹《にじ》ケ丘《がおか》の、好《す》きにするといいよ」

赤坂《あかさか》が、立《た》ちあがり、さっそうと去《さ》っていく。

（たのしい、か……）

そういう見方《みかた》も、あるのかもしれない。

のこされた、わたしは、ひとり、ゆれる稲《いね》を見《み》つめるのだった。

4 あんたって、意外《いがい》に…

それから数日後《すうじつご》。掃除《そうじ》の時間《じかん》のときだった。

わたしは、出席番号《しゅっせきばんごう》でいっしょになった男子《だんし》たちと、廊下掃除《ろうかそうじ》の当番《とうばん》。

けれど、おなじ班《はん》の男子《だんし》ふたりは、もうひとりの子《こ》に雑巾《ぞうきん》を近《ちか》づけておどろかせたりしていた。

「うわっ、ちょっと、やめろよ……」

「あははっ、おまえ、マジでビビりすぎ～！」

「ウケるわー！　リアクション最高《さいこう》っしょ」

（……なにやってるんだ、こいつら）

「ちょっと、あんたたち、いいかげんにしたら？」

かんがえるよりさきに、口《くち》がうごいていた。

男子《だんし》ふたりは、「……また虹ケ丘《にじがおか》かよ」と、イヤそうな顔《かお》をする。

「いやがってるじゃん。それと、掃除《そうじ》、サボらないで」

わたしのことばに、男子《だんし》がつっかかってきた。

「おれたちは遊《あそ》んでんだよ。空気読《くうきよ》めよ」

「こいつは、いじられキャラだからいーんだよ」

(はあ!?)

わたしは、目《め》じりをつりあげた。

「あんたたちこそ、ひとの表情《ひょうじょう》くらい読《よ》めるようになりなさいよ。どう見《み》てもいやがってるし」

気弱少年《きよわしょうねん》と、バカふたりのあいだにわりこむ。

が、つぎの瞬間《しゅんかん》。

「うるせー、ちょっと有名《ゆうめい》になれそうだからって、調子《ちょうし》にのってんなよ!」

ばしゃんっ!

衝撃《しょうげき》とともに、冷《つめ》たい水《みず》が、わたしの顔《かお》に、ぶつかった。

(……え?)

なにが、おこったのか、わからなかった。

ぽたぽたと、水滴《すいてき》が、わたしの髪《かみ》から、落《お》ちてくる。

頭《あたま》も、顔《かお》も、体《からだ》も、全身《ぜんしん》がぬれて、冷《つめ》たい。

目《め》の前《まえ》で、バケツを持《も》った男子《だんし》が、にやにやと笑《わら》っていた。

——ああ、そうか。掃除用《そうじよう》のバケツの水《みず》を、かけられたんだ……。

ぼんやりとした頭《あたま》で、ようやく気《き》がついた。

汚《よご》れて黒《くろ》ずんだ水《みず》が、わたしのブラウスに染《し》みをつくる。

それに……ポケットのなかの、おばあちゃんのおまもりも、きっとぬれて汚《よご》れてしまった。

(なんで、こんな……)

ここまでされるほど、ひどいこと、わたし、言《い》った?

ショックっていうか、おどろきで、ぼうぜんと、してしまう。

さわぎに気《き》づいて、教室《きょうしつ》から出《で》てきた女子《じょし》たちの声《こえ》が、耳《みみ》にはいってきた。

「……ねえ、虹ヶ丘《にじがおか》さん、ちょっと、いい気味《きみ》じゃない?」

「あそこまで、すること、ないと思《おも》うけど……」

「でも、調子《ちょうし》にのってるのは、事実《じじつ》だもん。ライトくんにえらばれたくせに……ずるい」

「あれ、ぜったい、月読《つくよみ》ライトに追《お》いかけられるのを、たのしんでるよね!」

くすくす。ちいさく、ささやかれる声《こえ》。

(そんなふうに、思《おも》われてたんだ……)

なんだか、どっと、つかれた気分《きぶん》。

全力《ぜんりょく》で、軽蔑《けいべつ》してやりたいけど、その元気《げんき》が、わいてこない。

こういうとき、カナや赤坂《あかさか》がいてくれたら、もうすこし、元気《げんき》になれたんだけど。

あいにく、ふたりとも、特別教室《とくべつきょうしつ》の掃除《そうじ》なんだよね。

男子《だんし》ふたりは、みんなの反応《はんのう》に調子《ちょうし》にのったのか、たのしそうに言《い》う。

「さすが、シンデレラになるやつはちがうね〜。汚《よご》れるの、すっげえにあうわ。ははっ」

「いやいや、こんな地味《じみ》なやつ、シンデレラはむりだろ!」

「あ〜、有名人《ゆうめいじん》になれるレベルじゃないよな、わかるー」

(……バカじゃないの?)

わたしが地味《じみ》でフツーだなんて、そんなの、自分《じぶん》が、いちばん、わかってる。

だからこそ、ことわりつづけているんだけど。

(それなのに、態度《たいど》の悪《わる》いやつって思《おも》われてたのか)

「身《み》のほどを知《し》れってんだよなー」

男子《だんし》は、しあげとばかりに、雑巾《ぞうきん》をなげつけてきた。

(！)

おもわず、目《め》を閉《と》じて身《み》がまえる。

けれど、いつまで経《た》っても、雑巾《ぞうきん》が当《あ》たる感覚《かんかく》は、こなかった。

(あれ？)

おそるおそる、まぶたを開《あ》けると。

金色《きんいろ》のかがやきが、そこにはあって。

「くだらない――……」

ダークブルーのまなざしが、冷《つめ》たく男子《だんし》たちをつらぬいていた。

(うそ、なんで!?)


「なんで、月読《つくよみ》ライトが、ここに？」

「だまってろ」

おどろく、わたしに、月読《つくよみ》ライトは、みじかく、つげて。

冷《ひ》ややかな目《め》で、男子《だんし》ふたりを、にらみつけた。

「……どこにでも、おろかなやつは、いるな」

軽蔑《けいべつ》と嘲笑《ちょうしょう》をこめた月読《つくよみ》ライトの表情《ひょうじょう》は、ひどくおそろしい。

ととのっているぶん、ゾッと寒気《さむけ》を感《かん》じるほど。

男子《だんし》たちが、おびえた顔《かお》をする。

教室《きょうしつ》の女子《じょし》は、なにも見《み》ていなかったふりをしはじめた。

そこへ、あわてて駆《か》けてくる足音《あしおと》が近《ちか》づいてくる。

「これは、どういうことですか⁉」

担任《たんにん》の先生《せんせい》だ。

先生《せんせい》は「だいじょうぶですか？」と、わたしに駆《か》けよってくる。

しかし、その寸前《すんぜん》で。

月読《つくよみ》ライトが、わたしの手《て》をつかんで、言《い》った。

「こいつのことは、おれにまかせろ。先生《せんせい》は、そいつらをなんとかしてください」

「えっ」

先生《せんせい》にまで命令《めいれい》するように言《い》い、月読《つくよみ》ライトはわたしをひっぱっていく。

「こんなやつらにかかわるだけ、時間《じかん》の無駄《むだ》づかいだ。いくぞ、唯以《ゆい》」

「えっ、ちょっと――」

（なんで、こんなことになってるんだろう？）

だれもいない保健室《ほけんしつ》。

わたしは、月読《つくよみ》ライトと、ふたりきりで、むかいあっている。

保健《ほけん》の先生《せんせい》は、きがえを取《と》ってくると言《い》って、出《で》ていってしまった。

とまどっていると、月読《つくよみ》ライトに、すわるよう、命令《めいれい》されて。

頭《あたま》のうえに、清潔《せいけつ》なタオルを、おとされた。

「な、なに!?」

「髪《かみ》がぬれてるから、ふくだけだ」

「いや、あの、自分《じぶん》でできるけど!?」

「いいから、じっとしていろ」

月読《つくよみ》ライトは、ていねいに、わたしの髪《かみ》を、タオルでぬぐう。

たいせつに、たいせつに。

まるで、かけがえのないものに、ふれているみたいに。

(……なんか、意外《いがい》)

天才《てんさい》で、自信家《じしんか》で、ひとの話《はなし》を聞《き》かない月読《つくよみ》ライト。

その月読《つくよみ》ライトが、こんなに、ていねいなしぐさもできるなんて、思《おも》わなかった。

(もっと、雑《ざつ》にあつかいそうなのに)

純粋《じゅんすい》に、ふしぎで、つい、きいてしまう。

「あんたって、意外《いがい》に、親切《しんせつ》なの？」

わたしのことばに、月読《つくよみ》ライトは、つまらなそうな顔《かお》をした。

「べつに。おれは、おれがやりたいように、やっただけだ」

「へえ……。いい気味《きみ》、とか、思《おも》わなかったんだね」

「どういう意味《いみ》だ？」

月読《つくよみ》ライトが、きょとん、とした顔《かお》になる。

「だって、あんたのさそい、ことわりつづけてるし。わたしに対《たい》して、腹《はら》を立《た》ててるでしょ？」

わたしのことばに、月読《つくよみ》ライトは、心底《しんそこ》、意味《いみ》がわからないって顔《かお》をした。

「なに言《い》ってるんだ？　おれは、おれの希望《きぼう》を言《い》って、おまえは、おまえの意見《いけん》を言《い》った。それだけの話《はなし》だろう。おれが怒《おこ》るところが、あるのか？」

「えっ。い、いや、気《き》にくわないかな、って」

「意見《いけん》がちがっているだけだろう。怒《おこ》ったり、きらったりする理由《りゆう》にはならない」

「ええっ、そういうもの⁉」

クラスの子《こ》たちは、わたしに、腹《はら》を立《た》ててたみたいだけど。

月読《つくよみ》ライトのさそいをことわるなんて、悪《あく》！　ってね。

わたしのとまどいを、見《み》ぬいたみたいに、月読《つくよみ》ライトは言《い》う。

「おまえは、わるくない。もちろん、おれも、わるくない。勝手《かって》なことを言《い》うやつは、無視《むし》しろ。だいじなのは、自分《じぶん》の気持《きも》ちだ」

「――！」

新鮮《しんせん》だった。

学校《がっこう》では、みんなで意見《いけん》を合《あ》わせましょう、とか。

ひとの話《はなし》に耳《みみ》をかたむけましょう、とか。
そういうことばっかり、言《い》われるから。
そして、みんなに合《あ》わせられないことは、よくないことだと思《おも》ってたから。
けど——。
目《め》からウロコが落《お》ちるって、こういう気持《きも》ちのこと、言《い》うんだろうか。
これまで、〝みんなが泣《な》いてるときに、いっしょに泣《な》けない自分《じぶん》は、おかしい〟とか。
〝ひとといっしょじゃないと、きらわれるのは、ふつう〟とか。
そう思《おも》ってたのが、ぜんぶ、思《おも》い込《こ》みだった気《き》がして。
(——自分《じぶん》の気持《きも》ちがだいじ、なんて、はじめて言《い》われた)
目《め》の前《まえ》に立《た》つ月読《つくよみ》ライトの、意志《いし》の強《つよ》そうな瞳《ひとみ》が、かがやいて見《み》える。
自分《じぶん》を信《しん》じる強《つよ》さ、って、言《い》うのかな。
信念《しんねん》みたいなものが、あふれている。
(月読《つくよみ》ライトって……じつは、すごいのかも)
見《み》た目《め》のきれいさとか、有名度《ゆうめいど》とかじゃなくて。
その心《こころ》のありかたに、ちょっと、感心《かんしん》してしまう。

「そういえば、唯以《ゆい》」

ふいに、月読《つくよみ》ライトが、わたしのほうを見《み》た。

「さっきのおまえは、かっこよかった」

「は⁉　急《きゅう》に、なに言《い》いだすの？」

「廊下《ろうか》で、どうどうと、あいつらに説教《せっきょう》をしていただろう？

勇気《ゆうき》があると思《おも》ったし、そのあとも、あんなにひどいことをされて、たえてみせた」

「ええっ、そ、そんな、ステキなものじゃないんだけど」

「そうか？　おれは、おまえに興味《きょうみ》を持《も》った。声《こえ》だけじゃなく、おまえ自身《じしん》にも」

きれいなダークブルーの瞳《ひとみ》が、光《ひかり》を反射《はんしゃ》する。

好奇心《こうきしん》にあふれた表情《ひょうじょう》は、はじめて見《み》る月読《つくよみ》ライトのすがただった。

(えっ、な、なんなの、こいつ……っ)

なぜか緊張《きんちょう》して、心臓《しんぞう》がドキドキする。

それ以上《いじょう》、目《め》をあわせられなくて。

「えーと、あの、とにかく、ありがと！　おかげで、たすかったよ」

わたしは、あわてて顔《かお》をそらし、お礼《れい》を言《い》った。

「気《き》にしなくていい。――――いや、待《ま》てよ」

首《くび》を横《よこ》にふりかけた月読《つくよみ》ライトだが、とちゅうでなにかを思《おも》いついたらしい。

わたしを、じろじろと見《み》て、つぶやく。

「これは、ちょうどいいチャンスなのか」

「え……？」

なんとなく、イヤな予感《よかん》が胸《むね》にひろがった。

だけど、わたしが、なにか言《い》うよりはやく。

「なら、礼《れい》として、おれの曲《きょく》を、歌《うた》うか――？」

にい、と悪魔《あくま》みたいに笑《わら》って、月読《つくよみ》ライトは宣言《せんげん》する。

やっぱり、そう来《く》ると思《おも》ったんだ！

（でも、ううん……）

たすけてもらったのは、事実《じじつ》。

なにか、お礼《れい》をしたいのも、ほんとう。

（なら――……）

わたしは、覚悟《かくご》をきめて、ぐっとこぶしをにぎりしめた。

「……わかった。わたしに、できるかわからないけど――お礼《れい》になるのかも、わからないけれど――1曲《きょく》だけ、やってみる！」

いちおう、わたしだって、恩《おん》くらいは感《かん》じてるんだ！

だから。

「よろしくね、ライト」

しっかり見《み》すえて、挑戦《ちょうせん》するように言《い》うと。

ライトは、わたしの反応《はんのう》をたのしむみたいに、好戦的《こうせんてき》な笑《え》みでむかえた。

「やっと、おれの手《て》を取《と》ったな、シンデレラ。こちらこそよろしく、だ。唯以《ゆい》」

5 音楽制作《おんがくせいさく》って、はじめて見《み》た！

1曲《きょく》だけ、ライトに協力《きょうりょく》すること。

そのために、練習《れんしゅう》もすること。

ただし、カナと赤坂《あかさか》以外《いがい》には、ヒミツにすること――。

これが、わたしとライトのあいだで決《き》まった、約束《やくそく》だ。

そして、いま、わたしの目《め》の前《まえ》にあるのは、シックで格調高《かくちょうだか》い、黒大理石《くろだいりせき》のエントランス。

ガラス扉《とびら》のむこうにあるのは、あざやかな緑《みどり》にかこまれた噴水《ふんすい》。

さらに、いくつもの、すわりごこちのよさそうなソファ。

「ね、ねえ、唯以《ゆい》。ほんとに、このマンションなの？　ゴーカすぎるんだけど……」

おちつかないのか、おびえたように言《い》うのは、カナ。

「おれ、高級《こうきゅう》マンションって、はじめてはいるー！」

いっぽう、カナのとなりの赤坂《あかさか》は、たのしそうに笑《わら》っている。

ここは、ライトの住《す》んでいるマンションのロビー。

なんと、ライトは、日本《にほん》で、ひとりぐらしをしているんだって！

おどろきだよね。

ライトの自宅《じたく》にあるスタジオで練習《れんしゅう》するため、わたしは足《あし》をふみいれる。

すでにライトから連絡《れんらく》があったらしい。

ホテルみたいな、エントランスのお姉《ねえ》さんが、わたしたちを案内《あんない》してくれた。


「……ほんとうに、そいつらも来《き》たんだな」

ドアを開《あ》けると、ライトが、おどろいた顔《かお》をする。

カナが、目《め》じりをつりあげた。

「あたりまえじゃん！　唯以《ゆい》ひとりで、男子《だんし》の家《いえ》になんか、行《い》かせられるわけないしっ」

カナのとなりで、赤坂《あかさか》が、「わるいな、月読《つくよみ》」と、手《て》をあわせる。

「けど、柊木《ひいらぎ》の言《い》うとおり、ふたりっきりって、よくないと思《おも》うし。てわけで、よろしく！」

めずらしくとまどいながら、ライトが、「そうか」と、うなずいた。

「好《す》きにしろ」

赤坂《あかさか》は、「さんきゅ！」なんて、笑《わら》ってるけど。

カナは、「いちいち、えらそーだよね、月読《つくよみ》って」と、いやそうな顔《かお》をしている。

（……もっと、ふつうにすればいいのに）

ちらりと、そんなことをかんがえつつ。

ライトの家《いえ》にあるスタジオで、はじめてのレッスンが、はじまった。

「まずは、音域《おんいき》の確認《かくにん》だ。おまえにあわせて、新曲《しんきょく》をアレンジしたいから」

「わ、わかった。さっそくなんだね」

「待《ま》ちに待《ま》った時間《じかん》だからな」

ことばどおり、ライトは手《て》ばやくＰＣをたちあげる。

（わたしにあわせて、アレンジ、か……）

ほんとうに、ライトってば、わたしの曲《きょく》を作《つく》る気《き》なんだ。

責任重大《せきにんじゅうだい》。

緊張《きんちょう》で、体《からだ》が、硬《かた》くなる。

（とにかく、がんばらないと……っ）

こぶしをにぎりしめて、マイクの前《まえ》に立《た》つ。

「それじゃ、おれの弾《ひ》く音《おと》につづいて、声《こえ》を出《だ》してみろ」

「う、うん」

ライトにうなずき、息《いき》を吸《す》う。

♪ドレミレド
「♪アーアーアーアーアー♪」

レミファミレ、ミファソファミ、ファソラソファ、……

おなじメロディを、1音《おん》ずつ高《たか》くしながら、上《あ》げていく。

もう声《こえ》が出《で》ない……！

というところまで高《たか》くなってから、こんどは1音《おん》ずつ下《さ》がっていく。

また、低《ひく》くて声《こえ》がしわがれそうになるところまで下《さ》がってから、もういちど上《あ》がる。

やがて、ライトが息《いき》をついた。

「……音域《おんいき》は了解《りょうかい》した。つぎは、基本《きほん》のボイストレーニングだ。〝あ〟のかたちで」

♪ドー

聞《き》こえてくる音《おと》の高《たか》さで、声《こえ》を出《だ》す。

「唯以《ゆい》、音《おと》がゆれてるぞ。息《いき》を、なるべく均等《きんとう》に発《はっ》しつづけろ」

(やってる、つもりなんだけど、むずかしい)

緊張《きんちょう》のせいか、うまく声《こえ》が出《だ》せない。

やがて、いろんなレッスンを、30分《ぷん》くらい、つづけたころだろうか。

(そろそろ、つかれてきたな……いや、でも、がんばらないと)

気合《きあ》いをいれていると。

ライトが、「はあ……」と、ふかいため息《いき》をついた。

「……唯以《ゆい》。なにかちがうぞ。おまえの声《こえ》じゃない」

どこか、怒《おこ》っているようすのライト。

けど、そう言《い》われても、こまる。

「わたしは、せいいっぱい、やってるつもりなんだけど」

「そんなはずない。おまえの実力《じつりょく》は、もっと高《たか》いはずだ」

「そんなこと——じゃあ、プロの歌手《かしゅ》にたのめばいいじゃない!」

「おれの望《のぞ》む声《こえ》は、おまえだと言《い》っているだろう」

「そんな勝手《かって》なこと言《い》われたって……！」

「おーい、ふたりとも、ちょっと、ストップ！」

言いあうわたしたちのあいだに、赤坂《あかさか》が、わりこんできた。

「おまえ……」

とまどうライトとわたしを見《み》くらべて。

赤坂《あかさか》は、こまったように小首《こくび》をかしげる。

「虹ヶ丘《にじがおか》も、月読《つくよみ》も、ちょっと、おちつこうぜ。べつに、ケンカしたいわけじゃないんだろ？」

ライトが、力強《ちからづよ》くうなずく。

「あたりまえだ。おれは唯以《ゆい》に、いい歌《うた》を歌《うた》ってもらいたいだけだ」

「なら、もっと、虹ヶ丘《にじがおか》の肩《かた》の力《ちから》をぬいたほうがいいんじゃね？　緊張《きんちょう》してたら、声《こえ》なんて出《だ》しにくいし」

「……あたしも、赤坂《あかさか》の言《い》うとーりだと思《おも》う」

カナが、ムスッとしながら、赤坂《あかさか》につづく。

「あのさ、ファッション誌《し》の撮影《さつえい》だって、なるべくモデルのいい表情《ひょうじょう》を撮《と》るため、カメラマンも、スタッフも、みんなで盛《も》りあげて、いい雰囲気《ふんいき》にするもんだって聞《き》くよ。いまのこのスタジオ、雰囲気《ふんいき》わるすぎる」

「雰囲気《ふんいき》……？」

ライトは、よくわからないっていう顔《かお》をした。

けど、赤坂《あかさか》が「柊木《ひいらぎ》、いいこと言《い》う！」と、カナに笑《わら》いかける。

「――って、いうわけでさ。月読《つくよみ》、ちょっと、休憩《きゅうけい》にしよっか！」


（……正直《しょうじき》、のどが限界《げんかい》だったし、たすかったかも）

ライトとの、気《き》まずい空気《くうき》からも、逃《に》げられたしね。

ほっと息《いき》をつき、すわりこむ。

赤坂《あかさか》が、かるい調子《ちょうし》で、「そういえば」と、スタジオを見《み》まわした。

「月読《つくよみ》、ここ、きれいにしてるよな。やっぱ音楽関係《おんがくかんけい》の機械《きかい》は、ホコリに弱《よわ》いとか？」

「いや、ふつうのＰＣとおなじだ。……おれは気《き》になるから、まめに掃除《そうじ》するけど」

えっ！

ライト、自分《じぶん》で掃除《そうじ》してるんだ？

（まあ、ひとりぐらしなら、とうぜんなんだろうけど……）

わたしと、おなじ気持《きも》ちだったのか、カナも、意外《いがい》そうに言《い》った。

「月読《つくよみ》、掃除《そうじ》、自分《じぶん》でするの？」

「あたりまえだろう。日本《にほん》では、便利《べんり》な掃除《そうじ》グッズに感動《かんどう》した」

言《い》いながら、ライトは、棚《たな》から、掃除《そうじ》道具《どうぐ》をとりだす。

粘着《ねんちゃく》テープを、ころころとまわして、ゴミをくっつけて取《と》る掃除《そうじ》グッズだ。

たしかに、便利《べんり》。それはわかる。

ただ。

つくりものみたいに、ととのった容貌《ようぼう》。

かがやくブロンド。

しかも、天才作曲家《てんさいさっきょくか》。

――なのに、その繊細《せんさい》な手《て》には、便利掃除《べんりそうじ》グッズがあるのだ！

（すっごい、違和感《いわかん》……）

赤坂《あかさか》が、けらけらと笑《わら》いはじめた。

「意外《いがい》ー！　おれ、月読《つくよみ》って、もっと、ちかよりがたいやつだと思《おも》ってた！」

「なに……？」

「だって、自分《じぶん》で掃除《そうじ》するように見《み》えねーし！」

「いや、するだろう……。だったら、だれが、掃除《そうじ》するんだ」

ふしぎそうなライトに、カナが、すかさず、「はいっ」と、手《て》をあげた。

「あたし、月読《つくよみ》の家《いえ》にはメイドさんがいるって思《おも》ってた。イギリス人《じん》だし」

「あー、いそう！　イギリスだから、メイド」

「まて。イギリスに対《たい》して、誤解《ごかい》がありすぎないか？」

ライトが、とまどった声《こえ》をあげる。

「唯以《ゆい》も、そう思《おも》わない？」

「思《おも》うでしょ、虹ケ丘《にじがおか》!?」

「え？　えーと、メイドはともかく……のみものはワイングラスでのんでそう、とか？」

わたしのことばに、ライトが真顔《まがお》になった。

「なぜだ。そっちのほうが、おかしいだろ⁉」

しかし、カナと赤坂《あかさか》は、「わかる！」と大爆笑《だいばくしょう》だ。

「あとさー、おふろのあとは、バスローブきてそうー！」

「おれとしては、紅茶《こうちゃ》にうるさそうとも思《おも》う！」

「きてないし、おれは、紅茶《こうちゃ》もコーヒーものめないんだが⁉」

カナと赤坂《あかさか》に好《す》きに言《い》われて、ライトが目《め》をむく。

えぇー、ライト、イギリス出身《しゅっしん》なのに、紅茶《こうちゃ》がのめないんだ？

いかにも、高級茶器《こうきゅうちゃき》で、紅茶《こうちゃ》のんでそうなのに！

「なんか、ライト、イメージとちがうね」

もっと、キラキラした存在《そんざい》だと思《おも》ってた。

わたしが言《い》うと、ライトが、つかれきった顔《かお》になった。

「……おれをなんだと思《おも》ってるんだ？　ふつうにおなじ人間《にんげん》なんだが……」

あはは、そんな顔《かお》もできるんだ。

（なんか、はじめて、ふつうにライトと話《はなし》ができた気《き》がする）

かんがえてみれば、わたしとライト、ほとんど、言《い》い合《あ》いばっかりしてたよね。

（こうしてみると、意外《いがい》に、ふつうの、同級生《どうきゅうせい》なのかも？）

ライトが、すねたような顔《かお》で、立《た》ちあがった。

「そろそろ練習《れんしゅう》にもどるぞ」

「あ、うん」

あわてて、わたしも立《た》ちあがろうとする。

そこで、カナが、「そーだ！」と、声《こえ》をあげた。

「ちょっと月読《つくよみ》。ボイストレーニングだけなら、あたしも、いっしょにやっちゃダメ？」

「いや、かまわないが……」

「じゃあ、おれ、休憩《きゅうけい》のあいずを出《だ》す係《かかり》ね」

「えっ、赤坂《あかさか》、なに、その、ナゾの係《かかり》？」

「だって、そうしないと、虹ケ丘《にじがおか》、むりするし」

おもわず、つっこんだわたしに、赤坂《あかさか》が、まっすぐな目《め》をむけてきた。

気《き》づいてたのか……！

ライトが、「そうなのか？」と固《かた》まっている。

「唯以《ゆい》は、マジメだからねー」

「そうそう」

「……わかった。好《す》きにしろ」

気《き》まずそうに、ライトがうなずく。

そんな、暗《くら》い空気《くうき》を、ふきとばすように、赤坂《あかさか》が「おっし、じゃあ」と、片手《かたて》をあげた。

むりやり、カナやわたしの手《て》をあげさせて、パン！　と音《おと》を鳴《な》らす。

「ハイタッチー！　はい、これで、チーム月読《つくよみ》、結成《けっせい》っ」

「ハイタッチー！　それじゃ唯以《ゆい》、いっしょに、がんばろー！」

あはは、なんだ、それ。

赤坂《あかさか》のナゾなテンションに、笑《わら》ってしまう。

つられて、わたしも「ハイタッチ！」。

「ほらほら、月読《つくよみ》もー」と、赤坂《あかさか》にせがまれ、ライトがとまどいながら手《て》をあげたところに、パチンと手《て》を打《う》ちつける。

（なんか、ほんとに、チームみたい）

部活《ぶかつ》っぽくて、おもしろい。

そのせいだろうか？

休憩後《きゅうけいご》のボイストレーニングは、なぜか、さっきよりずっと、声《こえ》が出《だ》せたのだった。

「すごいな、ぜんぜん、ちがう……！」

ライトが、おどろいた顔《かお》で、わたしを見《み》る。

たしかに。自分《じぶん》でも、思《おも》う。

休憩前《きゅうけいまえ》とは、別人《べつじん》ってくらい。

「唯以《ゆい》、すごいじゃん！　いっしょに声出《こえだ》してて、びっくりしちゃった」

「虹ケ丘《にじがおか》、調子出《ちょうしで》てきたんじゃない？」

「うーん、カナといっしょだと、安心《あんしん》するのかも」

やっぱり、緊張《きんちょう》してたんだろうな。

わたしのことばに、カナが、うれしそうに、とびはねる。

それを見《み》ながら、ライトは、まだ、どこか信《しん》じられないような顔《かお》をしていた。

「こんなに、ちがいが、出《で》るんだな、人間《にんげん》の声《こえ》は……気持《きも》ち……雰囲気《ふんいき》、か。たしかに、だいじだ」

ＡＩとは、ちがう……と。

ライトは、興味深《きょうみぶか》そうに、つぶやいて。

ふと、まぶしそうに、わたしたちを見《み》た。


「おまえたちは、すごいな……勉強《べんきょう》になった。ありがとう」

うわっ、ライトが、すなおにお礼《れい》を言《い》うなんて！

「ちょ、ちょっと、ライト、体調《たいちょう》でもわるいの？」

おもわず、心配《しんぱい》してしまう。

「ふつうだ」と、ライトが、複雑《ふくざつ》そうな顔《かお》をした。

あはは、ほんと、こうして見《み》ると、ライトって、ふつうの男子《だんし》だ。

（わたしたちと、かわらないよね）

たのしくなって、ほおがゆるむ。

「あ、やばい！　唯以《ゆい》、そろそろいい時間《じかん》だよ」

カナの声《こえ》で、あわてて時計《とけい》を見《み》る。

たしかに、もう、遅《おそ》い時間《じかん》！

いそがないと、夕飯《ゆうはん》に、おくれちゃう。
「ごめん、ライト。また明日《あした》ね！」
言《い》いながら、ふと、気《き》づいた。
そういえば、ライトは、ひとりぐらしってことは、食事《しょくじ》もつくるのかな？
疑問《ぎもん》に思《おも》って、問《と》いかけると。
「まあ、てきとうにする」とのこと。
もしかしたら、メイドはいなくても、家政婦《かせいふ》さんとか、雇《やと》ってるのかもね。
「……っと、まずい。ほんとにおそくなっちゃう」
じゃあね、と、口々《くちぐち》に言《い》って、わたしたちは、ライトの家《いえ》を出《で》る。
帰《かえ》り道《みち》、カナがわたしに、「唯以《ゆい》、なんか、たのしそうだね」と、笑《わら》いかけた。
(たのしそう、か)
うん、たしかに。
さいしょは、どうなることかと、思《おも》ったけどさ。
赤坂《あかさか》とカナが、あいだにはいってくれて。
(ちょっと、ワクワクしてるかも)

このチーム、きっと、わるくないと思《おも》うんだよね。
（1か月前《げつまえ》まで、こんな日《ひ》がくるなんて、想像《そうぞう》もしてなかった）
天才作曲家《てんさいさっきょくか》と、カナと、赤坂《あかさか》と、チームをつくって、歌《うた》のレッスン、なんて。
なんだか、夢《ゆめ》みたいな話《はなし》だよね。
やっぱり、これって、シンデレラなのかな？
つまらない毎日《まいにち》がつづいていく、っていう、わたしの予想《よそう》は、大《おお》ハズレ。
これは、いいこと？
それとも、わるいこと？
ただ、あたらしい日々《ひび》がはじまるのは、確実《かくじつ》。
わたしの胸《むね》には、不安《ふあん》と期待《きたい》が、あふれそうになっていた。

6 ほんものの、トクベツ

それから先《さき》は、毎日《まいにち》ライトのスタジオに通《かよ》うようになった。

だいたいは、カナも赤坂《あかさか》も、いっしょなんだけどね。

今日《きょう》はめずらしく、ふたりとも用事《ようじ》だ。

なので、ライトと、ふたりきり。

……とはいえ、ライトは、ＰＣで作業《さぎょう》したり、しばしばかかってくる電話《でんわ》に出《で》て、なにか打《う》ちあわせをしてることが多《おお》い。

だから、わたしは、ひとりでボイストレーニングに、はげむ。

(背骨《せぼね》を上《うえ》からつり上《あ》げられるような姿勢《しせい》で。おなかで、声《こえ》をとおくにとばすイメージ……！)

ライトから借《か》りた、練習用《れんしゅうよう》の音源《おんげん》を耳《みみ》にあて、おなかに力《ちから》を入《い》れる。

さいきんは、カナといっしょじゃなくても、声《こえ》が出《で》るようになってきた。

やっと、なれてきたんだと思《おも》う。
そうすると、ボイストレーニングも、けっこう、おもしろいんだ。
(赤坂《あかさか》に、さいしょに言《い》われたとおりかも)
大声《おおごえ》を出《だ》すだけでも、ストレス解消《かいしょう》になるし。
みんなで、ワイワイ言《い》いながら、練習《れんしゅう》するのも、たのしい。
ライトの指示《しじ》をきいて。
カナと声《こえ》を出《だ》して。
赤坂《あかさか》が、休憩《きゅうけい》しようって言《い》いだして。
ときには、笑《わら》ったり、ふざけたりしながら、スタジオに、いりびたってる。
さいきんは、休憩中《きゅうけいちゅう》、4人《にん》で、宿題《しゅくだい》をすることもあるくらい。
(クラスの子《こ》たちにはヒミツにしてるぶん、へんな感《かん》じだけど)
ふふ、チーム月読《つくよみ》、まるで、ヒミツクラブだよね。
ふしぎな気分《きぶん》で練習《れんしゅう》をしていると。
いつものように電話《でんわ》をしにいっていたライトが、スタジオに、もどってきた。
わたしを見《み》て、ぽつりと、つぶやく。

「おまえ、ほんとうに、まじめに、練習《れんしゅう》するんだな」

「へ？　なに、急《きゅう》に」

「てっきり、いちど本番《ほんばん》の曲《きょく》を歌《うた》ったら、もうかえるかと思《おも》っていた。提案《ていあん》してみたけど、おまえがここまで本気《ほんき》でボイストレーニングをするとは、思《おも》っていなかった」

「ちょっと、失礼《しつれい》すぎない？　ひきうけたからには、ちゃんとやるってば」

わたし、ふつうに、まじめだからね。

学校行事《がっこうぎょうじ》のミュージカルのときだって、かなり練習《れんしゅう》したんだから。

ライトが「ああ」と、なにかに納得《なっとく》した。

「そもそも、責任感《せきにんかん》が強《つよ》いからこそ、かんたんに、ひきうけなかったのか」

「べ、べつに、責任感《せきにんかん》とか、ふつうだけど……」

小声《こごえ》でかえすと、ライトは、満足《まんぞく》そうに口《くち》もとをゆがめた。

「おれとしては、うれしい誤算《ごさん》だ。せいぜい、がんばれ」

あいかわらず、えらそうな態度《たいど》だ。

やりかえしたくて、わたしは、ちらりとライトを見《み》る。

「わたしだけじゃなく、ライトは、ピアノの練習《れんしゅう》とか、しないの？」

「おれは作曲家《さっきょくか》であって、ピアニストじゃない」

「そんなこと言《い》って、ほんとは、練習不足《れんしゅうぶそく》で、弾《ひ》けないんじゃない？」

にやりと笑《わら》うと、ライトが、「ほう」と、獰猛《どうもう》に笑《わら》った。

「このおれを、挑発《ちょうはつ》する気《き》か。いいだろう、心《こころ》して聴《き》け」

「はいはい」

まったく、ほんとに、ライトは、えらそうなんだから。

(あ、でも、かんがえてみれば、わたし、ライトの曲《きょく》、はじめて聴《き》くんだ)

天才作曲家《てんさいさっきょくか》だって言《い》うけど……。

じっさい、どんな曲《きょく》なんだろう？

自信満々《じしんまんまん》に、ライトが、ピアノの鍵盤《けんばん》に、むきあった。

「おれの曲《きょく》のなかでも、いちばん評価《ひょうか》の高《たか》い作品《さくひん》だ」

そう言《い》ったとたん。

ライトの顔《かお》つきが、急《きゅう》に真剣《しんけん》なものになる。

(……え？)

とつぜんの変化《へんか》に、わたしは、とっさに、息《いき》をのんだ。

これから起《お》こることを、見《み》のがしちゃいけない。
そんな直感《ちょっかん》が、雷《かみなり》みたいに、降《ふ》ってきた。
(これは……)
さらり、と、ライトの金色《きんいろ》の髪《かみ》がゆれて。
深《ふか》いダークブルーの瞳《ひとみ》が、そっとふせられる。
長《なが》い指《ゆび》が、白《しろ》と黒《くろ》の鍵盤《けんばん》にふれた。
直後《ちょくご》。
美《うつく》しい音色《ねいろ》が、スピーカーから、ながれはじめる。

(うわ……っ)
ライトの指《ゆび》から生《う》まれたメロディの美《うつく》しさに、全身《ぜんしん》が総毛《そうけ》だった。
ひきこまれるように、ライトの手《て》もとを見《み》つめる。
鍵盤《けんばん》の上《うえ》を指《ゆび》が躍《おど》る。
ときに繊細《せんさい》に、ときに大胆《だいたん》に。
音《おと》がひびき、華《はな》やかな旋律《せんりつ》になる。

（ライトって、こんなにきれいな曲《きょく》を作《つく》ってたんだ……⁉）

知《し》らなかった。

まるで、音《おと》の波《なみ》を全身《ぜんしん》にあびているみたい。

たくさんの音色《ねいろ》でつむがれた、せつなくて、きれいな曲《きょく》を。

（こんなに……神々《こうごう》しく感《かん》じるくらい、美《うつく》しい音楽《おんがく》があるんだ）

胸《むね》がいっぱいになる。心《こころ》がさわいで、かかえきれない。

心臓《しんぞう》から全身《ぜんしん》に、熱《ねつ》が暴《あば》れ出《だ》しそうだった。

やがて、ライトが、曲《きょく》を弾《ひ》きおわる。

さいごの1音《おん》まで、繊細《せんさい》な調《しら》べだっ

た。

（すごい――……）

音《おと》に、全身《ぜんしん》が、しびれたみたいだった。

息《いき》をついたライトが、わたしをふりむく前《まえ》に。

「――すごい、すごいよ、ライト！　この曲《きょく》、ほんとうにキレイだった!!」

わたしは、立《た》ちあがり、おもいっきり拍手《はくしゅ》をする。

興奮《こうふん》で、ほおが熱《あつ》い。

でも、しかたないよね！

まだ、感動《かんどう》が、体《からだ》にのこっているくらいなんだから……！

どんな感動映画《かんどうえいが》も、ひねくれて見《み》ちゃってた、わたしなのに。

「こんなに、感動《かんどう》したの、はじめてだよ！　ライトって、ただの、えらそうなやつじゃ、なかったんだね！　あのえらそうな態度《たいど》も、しかたないかなって思《おも》うくらい！」

わたしのことばに、ライトが、あきれたような顔《かお》になる。

「おまえ、それ、ほめてるのか？」

あっ、失敗《しっぱい》。ひとこと多《おお》かった。

かんがえる前《まえ》に、口《くち》が出《で》ちゃうクセ、よくないよね。

あわてて、「ごめん」と、あやまる。

「悪気《わるぎ》はなかったんだ。本気《ほんき》で、ほめてるつもり」

「そうか。ならいい、ありがとう」

「えっ？」

わたしのことばに、ライトは、あっさり、うなずいた。

それにおどろいて、まばたきをしてしまう。

「どうした？」

「ライト、怒《おこ》らないんだね」

ふしぎな気持《きも》ちでライトを見《み》ると、ライトもまた、ふしぎそうに首《くび》をかしげた。

「……？　なんで怒《おこ》るんだ。ほめられて、よろこぶところだろう」

「けど、わたしの言《い》いかた、失礼《しつれい》だったから」

「表現《ひょうげん》なんて、ひとそれぞれだ。たいせつなのは、こめられた気持《きも》ちじゃないのか」

「へえ……」

こういうところ、ライトって、すごいと思《おも》う。

だいじなのは、気持《きも》ち。

そういう信念《しんねん》、ぜったいに、ぶれないんだ。

きっとライトは、言《い》いかたなんて気《き》にしない。

それがなんだか、新鮮《しんせん》で、うれしくなる。

「それにしても」と、ライトが、わたしを見《み》た。

「おれのこと、ただの、えらそうなやつと思《おも》っていたのか」

「そ、それは、だって……ライトの曲《きょく》、知《し》らなかったし」

うーん、ほんとうのこととはいえ、ちょっと、気《き》まずい。

ちいさくなるわたしに、ライトが、意地悪《いじわる》そうに眉《まゆ》をあげた。

「じゃあ、おれのこと、すこしは見《み》なおしたか？」

「あ、それはもちろん！　すごく、見《み》なおした!!」

これは、ちゃんと、言《い》っておかないとね！

いきおいよく、即答《そくとう》する。

すると、ライトが、一瞬《いっしゅん》、目《め》を見《み》ひらいた。

「……！」

「ど、どうしたの？」

「いや……ふうん」

ライトってば、なにを、まじまじと、わたしのこと、観察《かんさつ》してるんだろう。

急《きゅう》に、へんだ。

（ちょっと、緊張《きんちょう》しちゃうんだけど）

とまどっていると、ライトの瞳《ひとみ》が、たのしそうに、光《ひかり》を反射《はんしゃ》した。

「おれも、すこし、意外《いがい》な発見《はっけん》」

「え？」

くすり。こぼされた笑《え》みに、わたしの呼吸《こきゅう》がとまる。

「おまえって、すなおだと、けっこうかわいい」

（――――は⁉）

いきなり、なにを言《い》いだすわけ⁉

カッと顔《かお》が赤《あか》くなった。

だって――――男子《だんし》に、かわいいって言《い》われるのなんて、はじめてなんだもの‼

「な、あ、あんたね……っ」

外国育《がいこくそだ》ちだから？　だから、こんなに、さらっと女子《じょし》をほめられるわけ⁉

心臓《しんぞう》がドキドキして、ことばが、うまく、つむげない。

なのに、ライトは、さっきより、さらに、たのしそうにしている。

「すなおじゃないシンデレラに、もう1曲《きょく》、演奏《えんそう》をプレゼントだ」

ライトが視線《しせん》をピアノにもどし、手《て》を鍵盤《けんばん》のうえにおく。

「これこそ……おまえに歌《うた》ってほしい、おれの新曲《しんきょく》で、いちばんの自信作《じしんさく》」

「！」

おもわず、背筋《せすじ》をのばす。

ポロロ……と、ながれるような音《おと》をつむいで。

曲《きょく》が、しずかに、はじまった。


ささやくような音《おと》から、はじまった曲《きょく》。

すこしずつ、めざめるように音《おと》が重《かさ》なり。

やがて――いっきに、もりあがる！

その瞬間《しゅんかん》、わたしの全身《ぜんしん》に、衝撃《しょうげき》が走《はし》りぬけた。

（うそ……っ、なにこれ、さっきより、もっとすごい！）
ライトの指《ゆび》から生《う》まれるのは、すこしゆっくりめの、かろやかなメロディ。
あかるくて、だけど、深《ふか》みがあって、やさしくて。
聴《き》いているだけで、胸《むね》がしめつけられるような。
同時《どうじ》に、希望《きぼう》が満《み》ちてくるような。
（音《おと》が、心《こころ》に、ひろがっていく……！）
気持《きも》ちが解放《かいほう》されて、音楽《おんがく》にたゆたう。
幸《しあわ》せな気分《きぶん》があふれてきて、なぜか、涙《なみだ》が、にじみそうになる。
ひとつひとつの音《おと》に、キラキラと光《ひか》る色《いろ》を感《かん》じた。
（いちばんの自信曲《じしんきょく》って言《い》ったのも、わかる）
さいしょの曲《きょく》を聴《き》いたとき、じゅうぶん感動《かんどう》したのに。
この曲《きょく》は、それをさらに超《こ》えてくる。
（これが……天才作曲家《てんさいさっきょくか》、月読《つくよみ》ライトなんだ）
（——……きれい）
外見《がいけん》とかじゃない。

このうつくしい曲《きょく》を作《つく》り、演奏《えんそう》する、そのすがたが、きれいだと思《おも》った。

キラキラと、星屑《ほしくず》をまとうように。

ライトの指先《ゆびさき》から、光《ひかり》がうまれる。

まるで、音楽《おんがく》の神《かみ》さまだ。

さいしょにライトを見《み》たとき、その外見《がいけん》と雰囲気《ふんいき》だけで、わたしは彼《かれ》がトクベツだって感《かん》じた。

だけど、それじゃ足《た》りなかったんだ。

音楽《おんがく》といっしょにあるときこそ、ライトのほんとうの魅力《みりょく》がある。

いちばん、かがやいている。

(こんなひとが、存在《そんざい》するんだ――……)

生《う》まれてはじめて見《み》た、ほんとうに、ほんものの、トクベツ。

あまりにも、ライトの曲《きょく》が、すてきすぎて。

ライトのすべてが、トクベツすぎて。

――逆《ぎゃく》に、わたしの心《こころ》に、不安《ふあん》がうまれた。

(ほんとうに……わたしが、この曲《きょく》を歌《うた》って、いいのかな)

もっと、うまい人《ひと》に歌《うた》ってもらうべきなんじゃないの?

わたしが歌《うた》うことで、この曲《きょく》の良《よ》さが、ダメになっちゃわないの？
（こんなにも最高《さいこう》の曲《きょく》、最高《さいこう》の状態《じょうたい》で、みんなに聴《き》かせなきゃいけないのに……！）
指《ゆび》が、しぜんと、ふるえる。
こわい。
そう、はじめて思《おも》った。
「いい曲《きょく》だろ？　おまえが歌《うた》うことで、きっと、もっとよくなる」
演奏《えんそう》をおえたライトが、自信《じしん》たっぷりに言《い》う。
だけど……。
（わたしの歌《うた》で、もっとよくなるなんて……本気《ほんき》？）
むしろ、じゃまをしちゃうんじゃやって、不安《ふあん》でしょうがない。
ライトになにも答《こた》えず、こぶしを強《つよ》くにぎりしめる。
あまりにも、いい曲《きょく》だからこそ。
わたしには、ライトの曲《きょく》に自分《じぶん》がふさわしいとは、思《おも》えなかった……。

7 だれも、わるくないけれど…

ライトのスタジオでの練習《れんしゅう》をはじめて、3週間《しゅうかん》。

基礎《きそ》的《てき》なボイストレーニングに、曲《きょく》を歌《うた》いこむ練習《れんしゅう》も、くわわった。

「唯以《ゆい》、さいきん、すごい練習熱心《れんしゅうねっしん》だね！」

「てか、熱心《ねっしん》すぎじゃない？　おれ、心配《しんぱい》になるレベル」

「そうかな、ふつうだよ」

「えー、めっちゃがんばってると思《おも》うけど。スタジオの外《そと》でも、ずっと曲《きょく》を聴《き》いてるじゃん」

「マジ？　虹ケ丘《にじがおか》ってば、もしかして、月読《つくよみ》に、おどされたりしてる？」

「あはは、まさか」

練習《れんしゅう》は、ライトに言《い》われたからじゃない。

ただ、わたしがやりたくて、やってるんだ。

（だって、フツーのわたしには、急《きゅう》にうまくなることなんて、できないし）

時間《じかん》のゆるすかぎり、なんども、なんども、歌《うた》いこむ。

（もっと、うまくならなきゃ……なのに）

歌《うた》っても歌《うた》っても、ライトの曲《きょく》にふさわしいほど、うまくなれている実感《じっかん》がわいてこなかった。


「ねえ、唯以《ゆい》。つぎの土日《どにち》も、レッスンいくの？」

「うん、ライトがきてもいいって言《い》ったらね。あ、でも、カナは、むりしなくていいよ？」

先生《せんせい》にたのまれたプリントを、いっしょにはこびながら、わたしは言《い》う。

けれど、カナは「なに言《い》ってんの」と、あかるく笑《わら》った。

「友《とも》だちじゃん。それに、あたしも、たのしんでるんだよ」

「ほんと？」

「うん！　あの曲《きょく》も、かなり好《す》きだしね」

照《て》れくさそうに、カナは自分《じぶん》の髪《かみ》をいじる。

「なんか、唯以《ゆい》が歌《うた》うのを聴《き》いてると、じーん、って、心《こころ》にしみこんでくるんだ」

「ほんと!? ライトの曲《きょく》がいいからだとは思《おも》うけど……そう言《い》ってもらえると、うれしいかも」

「唯以《ゆい》、自信《じしん》もちなよー。本気《ほんき》にきまってるじゃん！」

カナが、「それにしても」と、ちいさく笑《わら》った。

「唯以《ゆい》、なんか、すっかり、月読《つくよみ》と、なかよくなったよね」

「なかよくって……そ、そこまでじゃないでしょ」

「ま、月読《つくよみ》も、悪《わる》いやつじゃないってわかったしね。あたしがいないとき、バカ男子《だんし》たちにヒドイ目《め》にあわされていた唯以《ゆい》を、たすけてくれたのは、感謝《かんしゃ》してるけどさー」

「ふふ、わたしのぶんまで、怒《おこ》ってくれて、ありがと。カナ」

「……あたしだけじゃなく、赤坂《あかさか》も、すっごい怒《おこ》ってたよ。心配《しんぱい》も、してた」

「ああ、赤坂《あかさか》、いいやつだもんね」

「……それだけじゃないと思《おも》うけど……」

カナの声《こえ》はちいさくて、聞《き》こえない。

え？ と、たずねようとしたときだった。

「――――虹ヶ丘《にじがおか》さん、けっきょく、ライトくんの曲《きょく》、歌《うた》うことにしたんだってね」

ふいに、うしろから、冷《つめ》たい声《こえ》がした。

ふりむいたさきでは、クラスの女子《じょし》のひとり——遠野《とおの》さんが、わたしをにらみつけていた。

まるで、わたしをにくんでるような、まなざし。

カナが、遠野《とおの》さんの前《まえ》に出《で》た。

「ちょっと、遠野《とおの》。なんで、そんなこと知《し》ってんの？」

「ライトくんに、きいた」

「！　月読《つくよみ》のやつ……っ」

わたしが歌《うた》うことは、ヒミツのはずだ。

カナは眉《まゆ》をよせ、「ちょっと月読《つくよみ》よんでくる！」と、走《はし》りだす。

わたしも、いっしょにいこうとしたけれど。

「待《ま》ちなさいよ、虹ケ丘《にじがおか》さん！」

遠野《とおの》さんに手首《てくび》をつかまれ、とっさに、たちどまってしまう。

（なんか、今日《きょう》の遠野《とおの》さん……ふつうじゃない）

たしか、ふだんは、おとなしい子《こ》だったはず。

なのに、鬼気《きき》せまるようすに、しりごみする。

遠野《とおの》さんは、甲高《かんだか》い声《こえ》で、さけんだ。

「なんで、虹ヶ丘《にじがおか》さんが、えらばれたの？　どうして、あたしじゃ、ダメなの⁉」

「えっと……どういう意味《いみ》？」

「あたし、ずっと、ずっと、ライトくんのファンだった！　ライトくんが、さいしょに発表《はっぴょう》した曲《きょく》のころから、聴《き》いてたくらいなんだよ？」

遠野《とおの》さんの目《め》に、涙《なみだ》がにじみはじめる。

その顔《かお》は、どこまでも真剣《しんけん》だった。

「なのに、ライトくんのことを知《し》りもしなかった虹ヶ丘《にじがおか》さんが、えらばれるなんて。ライトくんが、やっと虹ヶ丘《にじがおか》さんを追《お》いかけなくなったと思《おも》って、なら、あたしが歌《うた》いたい、って言《い》ったら、虹ヶ丘《にじがおか》さんが、やっぱり歌《うた》うってきいて……っ」

（……そうだったんだ）

「いつか、ライトくんの曲《きょく》を歌《うた》うのが夢《ゆめ》だったのに……そのために、あたし、歌《うた》の勉強《べんきょう》もがんばって、自分《じぶん》で動画《どうが》もあげて、いろんなボーカルコンテストにも応募《おうぼ》してるのに」

「――――！」

（知《し》らなかった……）

なんて言《い》えばいいのか、わからない。

遠野《とおの》さんが、泣《な》きながら、言《い》う。

「虹ケ丘《にじがおか》さん、そんなに歌《うた》がうまいなら、あたしのかわりに、コンテストに出《で》て予選通過《よせんつうか》してみてよ！　でないと、あたし、納得《なっとく》できない！」

「えっ⁉」

すぐに、ことわろうとするけど、遠野《とおの》さんに、先制《せんせい》される。

「できないなんて、言《い》わせないから！　だって、虹ケ丘《にじがおか》さんは、ライトくんに、えらばれたんでしょ⁉　なんで、あたしじゃなく、虹ケ丘《にじがおか》さんなのか、証明《しょうめい》してみせてよ……っ」

「遠野《とおの》さん……」

おもわず、こぶしを、にぎりしめて、口《くち》をひらこうとした、そのとき。

「やめろ！」

わりこんできた声《こえ》があった。

駆《か》けてきたのは――ライトだ。

「ラ、ライトくん――」

「……おまえは、おれのファンじゃないのか？」

「え？」

ライトの瞳《ひとみ》は、ひどく冷《つめ》たい。

（あのときと、いっしょだ）

掃除《そうじ》のとき、男子《だんし》ふたりを、にらみつけたときと、おなじ。

「おれのファンなのに、おれの音楽《おんがく》をつむぐ唯以《ゆい》を、どうして傷《きず》つける？　……不愉快《ふゆかい》だ」

その声《こえ》の冷《つめ》たさに、おもわず、息《いき》をのむ。

「――！」

遠野《とおの》さんの顔色《かおいろ》が、死人《しにん》みたいに蒼《あお》くなった。

こんなふうに言《い》われたら。しかも、ライトの大《だい》ファンなら、なおさら、つらいはずだ。

遠野《とおの》さんは、そのまま、なにも言《い》えず、走《はし》り去《さ》っていった。

「つ、遠野《とおの》さん――！」

追《お》いかけようとするわたしを、ライトが「必要《ひつよう》ない」と、止《と》めてきた。

「それより、わるかった、唯以《ゆい》。おれが、遠野《とおの》に、よけいなことを言《い》ったせいだ」

ライトが、あやまってくれる。

たしかに、ヒミツをばらしたのは、よくないことだと思《おも》う。

けど、それ以上《いじょう》に、遠野《とおの》さんへの態度《たいど》が、ひっかかってしまった。

「……ライト、ファンにたいして冷《つめ》たすぎない？　遠野《とおの》さんだって、悪気《わるぎ》があったわけじゃないのに、あんな言《い》いかたするなんて……！」

わたしのことばに、ライトがだまりこむ。

（だめだ、ライトを、傷《きず》つけたいわけじゃないのに）

ライトが、わたしを、たすけようとしてくれたのは、わかる。

じっさい、たすけられたんだ、とも、思《おも》う。

（でも――）

どうしても、心《こころ》が、モヤモヤした。

（だって、遠野《とおの》さんの言《い》うこと、わたし、否定《ひてい》できない）

わたし自身《じしん》、自分《じぶん》がライトの曲《きょく》にふさわしいとは、思《おも》えないから。

（ほんとうに……わたしで、いいの？）

ライトに、ちゃんと、きいてみたい。

わたしが「ねえ」と口《くち》をひらきかけたとき。

ライトのポケットから、電話《でんわ》のベルが鳴《な》りひびいた。

「……わるい、電話《でんわ》だ」

ライトは、あわてたように、ケータイをにぎって去《さ》っていく。

そのまま、きくタイミングを、うしなってしまう。

ライトのせなかが見《み》えなくなっても立《た》ちすくんでいると、カナと赤坂《あかさか》がやってきた。

しきりに、わたしのことを心配《しんぱい》してくれたけど。

わたしは、ろくに、かえすことができなかった。

（〝証明《しょうめい》してみせてよ〟か……）

遠野《とおの》さんのことばが、頭《あたま》にこびりついて、はなれない。

遠野《とおの》さんから、ボーカルコンテスト予選《よせん》の参加証《さんかしょう》をわたされたのは、数日後《すうじつご》のことだった。

8 わたしの実力《じつりょく》

(けっきょく、コンテスト予選《よせん》の会場《かいじょう》まで、きちゃった……)

気《き》まずいまま、ライトと練習《れんしゅう》だけをかさねて、数週間《すうしゅうかん》。

わたしは、ひとり、ドキドキしながら、息《いき》をつめていた。

ここは、この近《ちか》くで、いちばんおおきなホール。

たくさんのひとが、あつまり、舞台《ぶたい》には、ボーカルコンテスト地区予選《ちくよせん》の看板《かんばん》があった。

わたしの手《て》には、遠野《とおの》さんからわたされた、コンテストの参加証《さんかしょう》がある。

『遠野真美恵《とおのまみえ》』と書《か》かれた名前《なまえ》が、重《おも》く感《かん》じる。

(遠野《とおの》さんのふりをして参加《さんか》する、なんて……)

無視《むし》することもできた。だけど……。

遠野《とおの》さんに、もういちど、〝証明《しょうめい》してよ〟と言《い》われて。

おもわず、参加証《さんかしょう》を、うけとってしまった。

チーム月読《つくよみ》のみんなに、ないしょで。

ふと、数日前《すうじつまえ》のことを、思《おも》い出《だ》す。


それは、いつもの放課後《ほうかご》。

授業《じゅぎょう》がおわって、ライトのスタジオにいく、とちゅうの道《みち》だった。

ライトに、電話《でんわ》しなきゃいけないから、さきにスタジオにいってくれって、鍵《かぎ》をわたされて。

カナは、家《いえ》の用事《ようじ》があるってかえったから。

結果《けっか》、わたしは、めずらしく、赤坂《あかさか》とふたりで、通学路《つうがくろ》をあるいていた。

とはいえ、わたしの頭《あたま》のなかは、ライトの曲《きょく》と、ボーカルコンテストのことばかり。

ろくに、赤坂《あかさか》の話《はなし》に、あいづちも、うてなくて。

そんなとき。

ふと、赤坂《あかさか》に、聞《き》かれたのだ。

「——虹ヶ丘《にじがおか》さ、さいきん、歌《うた》うの、たのしい？」

「え……？」
ぽかん、と、した。
だって、このところ、まったく、そんなの、かんがえられなかったから。
(前《まえ》は、あんなに、スタジオですごすのが、たのしかったのに)
ライトと、気《き》まずくなって。
心《こころ》は、不安《ふあん》で、いっぱいで。
(たのしい、なんて、まったく、思《おも》えてない……かも)
だけど——。
——……歌《うた》うことは、やめたくなくて。
けっきょく、わたしは、赤坂《あかさか》に、なにも言《い》えなかった。

わたしが、しようとしてること、まちがっているのかもしれない。
遠野《とおの》さんの代理《だいり》で、コンテストに出《で》るなんて、無意味《むいみ》かもしれない。
(でも、知《し》りたいんだ)

わたしは、ほんとうに、ライトの曲《きょく》を歌《うた》うのに、ふさわしいのか?

(自分《じぶん》を――――試《ため》したい)

たとえ、むりをしてでも。

自分《じぶん》を試《ため》して、真価《しんか》を知《し》りたい気持《きも》ちが、おさえられない。

『番号《ばんごう》、○○番《ばん》――』

もうすぐ、順番《じゅんばん》だ。

緊張《きんちょう》に、はあ、と、ふかく息《いき》をつく。

わたしは、ゆっくりと、待機列《たいきれつ》にむかう。

ライトと出会《であ》ってからいままで、がんばってきた。その成果《せいか》を、ぜんぶ出《だ》そう。

そうしたら――。

――わたしは、月読《つくよみ》ライトの曲《きょく》を歌《うた》うのに、ふさわしいって、みとめてもらえるだろうか。

(……みとめて、もらいたい)

心臓《しんぞう》が、ぎゅうっと、ちぢんで、いたい。

階段《かいだん》をあがる足《あし》が、緊張《きんちょう》で、ふるえそうになる。

これまで生《い》きてきて、夢中《むちゅう》になれるものなんて、なかった。

趣味《しゅみ》も特技《とくぎ》もない、おもしろみのない人間《にんげん》で。

フツーのわたしは、フツーに、つまらない人生《じんせい》をおくるんだろうな、って、思《おも》ってた。

(だけど——)

だけど、ほんとうは、いつか、〝トクベツ〟に、なってみたかったんだ。


じわりと、手《て》に汗《あせ》がにじむ。

舞台《ぶたい》のあかるい照明《しょうめい》が、まぶしい。

『番号《ばんごう》、○○番《ばん》、遠野真美恵《とおのまみえ》さん——』

「はい」

遠野《とおの》さんの名前《なまえ》に反応《はんのう》して、舞台《ぶたい》に出《で》る。

ながれる曲《きょく》は、遠野《とおの》さんが応募《おうぼ》のときに登録《とうろく》していた、はやりのポップソング。

(あんまり、歌《うた》ったことのない曲《きょく》だけど、ちゃんとおぼえてきた)

客席《きゃくせき》のいちばん前《まえ》にいる、審査員《しんさいん》の先生《せんせい》たちの目《め》が、こわい。

ふるえそうになりつつ、それでも、ライトにおそわったとおり、せすじをのばして、おなかに深《ふか》く息《いき》をすいこむ。

せいいっぱい、声《こえ》をだす。
口《くち》のかたちを意識《いしき》して、音程《おんてい》をていねいにとって。
高《たか》いキーが、くるしいけれど。
それでも、必死《ひっし》に、一生《いっしょう》けんめいに。
たった数分《すうふん》が、すごく長《なが》く感《かん》じられるなか。
歌《うた》って。
歌《うた》って。
歌《うた》いおえて。
「……っ」
審査員席《しんさいんせき》のほうを見《み》る。
——結果《けっか》は、予選落《よせんお》ちだった。
（え…………）
目《め》の前《まえ》が、まっくらになった気《き》がした。

9 境界線上《きょうかいせんじょう》の独唱曲《アリア》

予選落《よせんお》ち。
その結果《けっか》が、わたしの目《め》に焼《や》きつく。
立《た》ちつくすわたしは、舞台袖《ぶたいそで》においやられ。
すぐに、つぎの番号《ばんごう》のひとが、歌《うた》いはじめた。
つぎのひとも。
そのつぎのひとも。
ぼうぜんとする、わたしを、おいて、みんなが、どんどん、歌《うた》っていく。
わたしの耳《みみ》に、すこしずつ、ほかのひとたちの歌声《うたごえ》が、とどきはじめる。
（みんな……すごく、うまい）
わたしとおなじ、予選落《よせんお》ちのひともいた。

だけど、予選通過《よせんつうか》のひとも、何人《なんにん》もいる。

中学生《ちゅうがくせい》や、高校生《こうこうせい》。なかには、もっと、大人《おとな》のひとも。

はきはきと名前《なまえ》を言《い》って、笑顔《えがお》で歌《うた》いはじめるすがたは、どうどうとしていて――まぶしい。

舞台《ぶたい》のうえで、キラキラと、かがやいていた。

(……わたしとは、ちがうんだ)

わたしなりに、努力《どりょく》した。

ボイストレーニングは、毎日《まいにち》、ギリギリのところまでした。

うまく歌《うた》えないメロディがあれば、なめらかに歌《うた》えるようになるまで、がんばった。

(でも、それじゃ、足《た》りなかったんだ)

どれだけ、がんばっても。

どれだけ、むりをしても。

けっきょく、才能《さいのう》のあるひとには、かなわない。

フツーのわたしは、フツーのままだった。

「…………っ」

ことばが、出《で》てこない。

（やっぱり、わたしは、〝トクベツ〟になれない）

うずくまった、ときだった。

「――――おまえの出番《でばん》は、まだおわってない」

（……え？）

急《きゅう》に、うでをひかれて、立《た》ちあがらされた。

目《め》の前《まえ》に、かがやくようなブロンドがうつる。

「ライト――？」

月読《つくよみ》ライトが、わたしを、待機列《たいきれつ》のほうに、ひっぱった。


「さいごに、順番《じゅんばん》がまわってくる。もういちど舞台《ぶたい》に出《で》て、歌《うた》え」

「ええっ？」

あわてて、わたしは、ライトの手《て》をふりほどく。

「ちょっと、なに言《い》い出《だ》すの!?　そんなの、できるわけないでしょ！」

「問題《もんだい》ない。おまえの名前《なまえ》で、ちゃんと、おれが応募《おうぼ》しておいた」

「応募《おうぼ》って、いつのまに……！」

おどろくわたしに、ライトが、まっすぐなまなざしをむけてくる。

「おまえは、遠野《とおの》とやらにのせられて、来《く》るんじゃないかと思《おも》った。だから、応募《おうぼ》したんだ」

「なんで……」

「どうせなら、おれの曲《きょく》を歌《うた》え」

わたされたのは、コンテストの参加証《さんかしょう》。

たしかに、『虹ヶ丘唯以《にじがおかゆい》』という、わたしの名前《なまえ》がある。

曲《きょく》は、ライトから、さいしょに聴《き》かせてもらった曲名《きょくめい》がのっていた。

「音源《おんげん》はわたしただろ？　歌《うた》えるはずだ」

「そ、それは、たしかに歌《うた》えるけど……っ」

わたしが、このところ、聴《き》いていた曲《きょく》は、３つ。

ひとつめは、ライトの新曲《しんきょく》。

ふたつめは、このコンテストのため、遠野《とおの》さんが、えらんだ曲《きょく》。

そして、そのあいまに、ライトがくれたもうひとつの音源《おんげん》。

はじめに聴《き》いた、この曲《きょく》を、聴《き》きつづけていた。

気分転換《きぶんてんかん》に、こっそり、スタジオでも歌《うた》ったりしていたから、歌《うた》えるとは思《おも》う。

(――けど、そういう問題《もんだい》じゃない)

ぐっ、と、こぶしをにぎり、わたしは、声《こえ》をおおきくする。

「むりだよ！　ライトは知《し》らないかもしれないけど、わたし、さっき、さんざんな結果《けっか》で――」

「知《し》っている。見《み》た。聴《き》いた」

「！」

見《み》られていた――……。

その事実《じじつ》に、体《からだ》がこわばる。

全身《ぜんしん》が、冷《つめ》たくなった。

(あんな、みっともないところ、見《み》られたんだ)

上手《じょうず》なひとたちのなかで、きっと、わたしひとり、浮《う》いていただろう。

うつくしい白鳥《はくちょう》のなかの、みにくいアヒルみたいに。

(……みじめだ)

「……ガッカリしたでしょ」

いっそ自暴自棄《じぼうじき》になって、わたしは顔《かお》をそむける。

「わたしは、フツーの人間《にんげん》なんだよ。こんな、地区予選《ちくよせん》も通過《つうか》できない」

苦《にが》いものが、のどから、こみあがってきた。

「ましてや……わたしは、ライトの曲《きょく》の歌《うた》い手《て》になんか、ふさわしくない」

ああ、言《い》っちゃった——。

自分《じぶん》で言《い》ったことばに、自分《じぶん》で絶望《ぜつぼう》する。

これで、きっと、ぜんぶ、おわりだ。

とつぜん、あらわれた、月読《つくよみ》ライトというひととの、つながりも。

毎日《まいにち》の、たいへんだけど、たのしかった練習《れんしゅう》も。

カナたちとつくった、４人《にん》のチームも。

あの、やわらかくて、あたたかい、うつくしい旋律《せんりつ》も。

(ぜんぶ、なくなるんだ)

覚悟《かくご》をきめた、わたしの耳《みみ》に。

ライトの声《こえ》が、ひびいた。

「言《い》いたいことは、それだけか？」

「…………は？」

どういう意味《いみ》？

わけが、わからなくて、目《め》をあげる。

すると、そこには、自信《じしん》にあふれた顔《かお》があった。

いつもと、すこしも、かわらない。

まるで、わたしのことばなんて、きいていなかったみたいに。

「安心《あんしん》しろ。おれが、おまえに、魔法《まほう》をかけてやる」

舞台袖《ぶたいそで》の暗闇《くらやみ》のなかで、ライトのまばゆい金髪《きんぱつ》が、灯《あか》りのように、ゆれた。

まるで、ほんとうの、魔法使《まほうつか》いみたいに見《み》える。

意志《いし》の強《つよ》そうな瞳《ひとみ》が、まっすぐに、わたしを射《い》ぬいた。

「――――おまえは、おれのシンデレラだからな」


「！」

どうどうとしたことばに、息《いき》をのむ。

「ああ、それと」

ライトが、ちいさく笑《わら》って、つけたした。

「自覚《じかく》がないみたいだから、言《い》っておくけど……おまえ、ほんとうに、音楽《おんがく》が好《す》きだよな」

「……は？」

いや、ふつうでしょ。

そりゃ、きらいじゃないとは思《おも》うけど、ほんとうに好《す》きって言《い》うほどだろうか。

とまどっていると、ライトが、涼《すず》やかな目《め》を、さらにほそめて笑《わら》った。

「練習量《れんしゅうりょう》といい、聴《き》きこむ時間《じかん》といい、集中度《しゅうちゅうど》といい……おまえは、おれとおなじくらい、音楽《おんがく》が好《す》きな〝トクベツ〟な人間《にんげん》だよ。——このおれが、保証《ほしょう》する」

「ええ!?」

ライトと、おなじくらいって……本気《ほんき》!?

つい、反論《はんろん》しそうになる。

（いや、でも——）

——ライトって、うそを言《い》ったこと、いちどもない。

とくに、音楽《おんがく》にかんしては、なにせ、プロだ。

演奏《えんそう》するすがたといい、できあがった曲《きょく》といい、真剣《しんけん》だって、いやでもわかる。

だったら、つまり。

（……わたし、音楽《おんがく》、好《す》きなの？）

そういえば、赤坂《あかさか》も、そんな感《かん》じのことを言《い》っていた気《き》がする。

かんがえてみれば、これまで、なににも熱中《ねっちゅう》できなかったわたしが、歌《うた》のレッスンだけは、つづけられた。

ライトと気《き》まずくなっても、不安《ふあん》になっても、つづけずにはいられなかった。

（これが、好《す》きって気持《きも》ち……？）

はじめて、好《す》きなこと。

それに出会《であ》えた気《き》がして、目《め》の前《まえ》が、開《ひら》けていく。

まっくらだった世界《せかい》に、かがやく道筋《みちすじ》が見《み》えた気《き》がした。

『〇〇番《ばん》、虹ヶ丘唯以《にじがおかゆい》さん――』

「いけ。いつもどおりに、たのしめ」

ライトが、わたしのせなかを、おす。

かるく、つきとばされるようにして。

わたしは、ふたたび、舞台《ぶたい》の上《うえ》に立《た》った。

とたんに、音楽《おんがく》がながれはじめる。
(あ、このイントロ――)
なんども、なんども、くりかえし聴《き》いた、ライトの曲《きょく》。
聴《き》きなれたはずのメロディに、心《こころ》が、ふるえる。
ぜんぜん、聴《き》きあきることがない。

むしろ、聴《き》くたびに、もっともっと、のめりこんでいった。
（……たしかに、わたし、ライトの音《おと》が、好《す》きだ）
音楽《おんがく》が好《す》きかどうかは、正直《しょうじき》、まだ、自信《じしん》がない。
だけど。
（この曲《きょく》を、ここで、歌《うた》いたい）
ライトがつくる音楽《おんがく》への想《おも》いは、だれより強《つよ》いかもしれない！
（――歌《うた》おう）
心《こころ》を決《き》めて、息《いき》を吸《す》う。
体《からだ》にしみこんだ旋律《せんりつ》に、心《こころ》をあわせて。
（この曲《きょく》のよさが、聴《き》いているひとたちに、つたわるように――！）
のどがひらいて、気持《きも》ちよく、声《こえ》が出《で》た。
（あれ？　さっきと、ちがう……緊張《きんちょう》のせい？　曲《きょく》のせい？）
意識《いしき》しなくても、体《からだ》がリズムと音程《おんてい》をおぼえている。
しぜんと、声《こえ》にのびが出《で》て。
歌詞《かし》に、感情《かんじょう》をのせて、歌《うた》うことができている。

（さっきと、ぜんぜん、ちがう！）
気持《きも》ちいいくらい、声《こえ》が出《で》て。
いつも以上《いじょう》に、歌《うた》えている。
さっきまで、こわいほど、まぶしく感《かん》じていた照明《しょうめい》が、心地《ここち》いい。
舞台《ぶたい》のうえから、客席《きゃくせき》のおくにまで、声《こえ》がとどいていく。
わたしとライトの音《おと》が、かさなって、ひろがっていく――。
（――歌《うた》うのが、たのしい）
いつのまにか、表情《ひょうじょう》が、やわらいで。
気《き》づけば、笑《え》みが、うかんでいた。

歌《うた》うことを、たのしんで、満喫《まんきつ》して。
あっというまに、曲《きょく》がおわった。
（なんか、みじかい夢《ゆめ》を見《み》ていたみたい）
体中《からだじゅう》が熱《あつ》い。
全身《ぜんしん》が、みたされている。

（もう、おわっちゃったんだ）
もっと長《なが》く歌《うた》いたいとさえ、思《おも》ってしまった。
パチ、パチ……。
まばらな音《おと》が、会場《かいじょう》から、とどく。
なんだろう、と、われにかえって、ふりむくと。
　パチ、パチ、パチ……
……パチパチパチパチパチ！
たくさんの拍手《はくしゅ》が、わたしにむけられていた！
（うそ⁉　なんで？）
コンクールのさいごだから、かもしれない。
そうだとしても、うれしくて。
ドキドキと、胸《むね》が高鳴《たかな》る。
（そういえば、結果《けっか》は──⁉）
ハッとして、審査員席《しんさいんせき》を見《み》る。
そこには──。

『合格《ごうかく》・予選通過《よせんつうか》』

しっかりと、そう書《か》かれていた。

（わあああああ――――！）

やった！

わたし、やったんだ‼

よろこびが、全身《ぜんしん》をかけめぐる。

頭《あたま》があつくなって、手《て》がふるえる。

地面《じめん》から、足《あし》が浮《う》いているんじゃないかと思《おも》うくらい！

そこへ、審査員《しんさいん》のひとりが、声《こえ》をかけてきた。

「あれ、でもキミ、さっきも舞台《ぶたい》に出《で》てなかった？　きょうだい？」

あっ、そうだった！

まずは、それをあやまらなきゃ、いけないんだ！

わたしは、あわてて、いきおいよく頭《あたま》をさげる。

「ごめんなさい！　その、さいしょのときは、友《とも》だちの代《か》わりだったんです……っ。ほんとうに、もうしわけありません‼」

わたしのことばに、審査員《しんさいん》のおばさんが、納得《なっとく》したような顔《かお》をした。

おばさんが、「いろいろ、事情《じじょう》があるとは思《おも》うけど」と、苦笑《くしょう》する。

「いくら実力《じつりょく》があっても、ズルはだめよ。今回《こんかい》、あなたの予選通過《よせんつうか》は、なかったことにします」

「もちろんです。すみません……！」

ふかく頭《あたま》をさげて、謝罪《しゃざい》する。

審査員《しんさいん》のひとたちが顔《かお》を見《み》あわせて、うなずいた。

「つぎは、ぜひ、ズルせずに出《で》てね。たのしみにしているわ」

（あ――……！）

〝たのしみにしている〟

そのことばが、わたしの心《こころ》に、やさしい雨《あめ》みたいに、ふりそそぐ。

これって、みとめられたって、ことだよね。

がんばった成果《せいか》は、ちゃんと、出《で》ていたんだ。

それが、うれしくて。

涙《なみだ》で、視界《しかい》が、ゆがむ。

舞台《ぶたい》の照明《しょうめい》が、あたたかい。

（……わたし、シンデレラに、なれるかな？）

うまれて、はじめて。

フツーのわたしも、トクベツになれるんだ、って。

世界《せかい》に、みとめてもらえた気《き》がした。


「すごいよ、唯以《ゆい》！　あたし、めっちゃ感動《かんどう》しちゃったよぉ」

「虹ケ丘《にじがおか》、おつかれさま！　すっげえ良《よ》かった〜……！」

客席《きゃくせき》にもどると、わたしをむかえたのは、カナと赤坂《あかさか》。

「なんで、ふたりが、ここに⁉」

おどろいたわたしに、ふたりは、顔《かお》を見《み》あわせて、こまったように、笑《わら》った。

「……じつは、唯以《ゆい》なら来《く》るかも、って、こっそり見張《みは》ってたんだ」

「虹ケ丘《にじがおか》、ようすが、おかしかったもんな」

ええっ、そうだったんだ⁉

きっと、すごく、心配《しんぱい》をかけたんだろう。

ふたりのすがたに、胸《むね》が熱《あつ》くなる。

「ヒミツにして、ごめん！　わたし、自分《じぶん》のことで、頭《あたま》がいっぱいになってた」

すなおに頭《あたま》をさげると、「ほんとだよ！」と、カナが言《い》う。

「あ、ちなみに、遠野《とおの》も、ちゃんと見《み》てたからね！　もう、あんなこと言《い》わせないよっ」

「えっ、ほんと⁉」

「マジマジ。ほら、あそこ」

カナのことばに、おどろいて、赤坂《あかさか》のゆびさすほうを見《み》る。

そこには、たしかに、遠野《とおの》さんが、気《き》まずそうに立《た》っていた。

「あ、あの、遠野《とおの》さん」

近《ちか》づこうとすると、遠野《とおの》さんが、くやしげに、つぶやいた。

「…………みとめるよ」

「え？」

「虹《にじ》ケ《が》丘《おか》さんが、ライトくんの歌《うた》い手《て》に、ふさわしいって、みとめる。……あたしじゃ、あんな拍手《はくしゅ》なんて、きっと、むりだったもん！」

遠野《とおの》さんの目《め》は、泣《な》きはらして、真《ま》っ赤《か》になっている。

きっと、遠野《とおの》さんも、トクベツになりたくて、たくさん、がんばったんだろう。

わたしには、えらそうなことは、言《い》えない。だけど——。

「……遠野《とおの》さんのがんばりも、きっと、だれかにつたわると思《おも》うから」

どうしても、つたえたくて、言《い》ってしまう。

もしかしたら、イヤミに聞《き》こえたかもしれない。

けど、遠野《とおの》さんが、いつまでも、つらい思《おも》いをするのは、わたしもイヤなんだ。

遠野《とおの》さんが、ぎゅっと、くちびるをかんだ。

「つ、そんなふうに言《い》われたら、もう、虹ヶ丘《にじがおか》さんのこと、にくめないじゃない！……ばかっ」

吐《は》き捨《す》てるように言《い》って、遠野《とおの》さんが、駆《か》けていく。

わたしと、遠野《とおの》さんは、なかよくなるのは、むずかしいかもしれない。

でも、せめて、ふつうにできればいいな。

「これで、よかったかな」

わたしが、つぶやくと、カナが、あきれたように笑《わら》った。

「唯以《ゆい》は、おひとよしだと思《おも》うけどねー」

「ま、いいじゃん。虹ヶ丘《にじがおか》のなやみ、すっきりしたみたいだしさ」

赤坂《あかさか》のことばに、おどろいた。

「えっ……、わかる？」

「そりゃわかるよー。唯以《ゆい》、舞台《ぶたい》のうえでも、いまも、ひさびさに、めっちゃ笑顔《えがお》だもん！」

「だね。これで、おれも、ひと安心《あんしん》。……ってわけで、虹ケ丘《にじがおか》、おめでと！　おつかれ！」

ほらほら、と、赤坂《あかさか》が、わたしの手《て》をあげさせて、ハイタッチしてくる。

あはは、このノリ、ひさしぶりだ。

「あたしも、あたしも！」と、カナとも、ハイタッチ。

……そっか、そうだよね。

わたし、よろこんで、いいんだ！

(うまれてはじめて、熱中《ねっちゅう》できるものを見《み》つけて、トクベツになれた気《き》がした日《ひ》なんだし！)

不安《ふあん》とか、自信《じしん》のなさとか。

そういうものから、解放《かいほう》されて。

心《こころ》からの笑《え》みが、わいてくる。

「――――ありがと、ふたりとも！」

こんどは、自分《じぶん》から、赤坂《あかさか》とカナに、ハイタッチする。

あわさる手《て》と、鳴《な》らされる音《おと》に、高揚感《こうようかん》が増《ま》す。
(この気持《きも》ち、ライトとも、わかちあいたい!)
なにせ、ライトのおかげだからね。
(ほんとうに、魔法《まほう》にかけられたみたいだった)
だから、きょろきょろ、さがすけれど。
とっくに、どこかに、いってしまったみたいで。
ライトのすがたは、どこにも、見《み》つけられなかった。

10 さしのべられた手《て》を

――ライトに、直接《ちょくせつ》お礼《れい》を言《い》おう。

コンテストのかえりみち、わたしは、そう、きめた。

(だって……ちゃんと、ライトのおかげだよ、って、伝《つた》えたいし)

だから、つぎの日《ひ》は日曜日《にちようび》だったけど。

わたしは、午後《ごご》はやめから、ライトのスタジオにいくことにした。


「今日《きょう》は、ずいぶん早《はや》いな」

ドアを開《あ》けてくれたライトは、ふしぎそうに、わたしを見《み》た。

きれいな金髪《きんぱつ》が、さらりとゆれる。

(なんか、いつもより、まぶしく感《かん》じちゃう)

ぜったい、気《き》のせいなのにね。

昨日《きのう》の〝魔法《まほう》〟の、影響《えいきょう》かな。

胸《むね》のそわそわをごまかすように、わたしは、ふかぶかと頭《あたま》をさげた。

「ライト、昨日《きのう》は、ありがとう」

「…………」

「わたしの名前《なまえ》で、応募《おうぼ》してくれて、あのとき、来《き》てくれて……ほんとうに、感謝《かんしゃ》してる」

あらためて、こういうことを口《くち》にするのって、はずかしい。

(でも、ちゃんと、伝《つた》えなきゃ！)

勇気《ゆうき》を出《だ》して、ライトの目《め》を、まっすぐに見《み》つめた。

「あのね……わたし、みとめてもらえたよ！

遠野《とおの》さんにも、審査員《しんさいん》にも、会場《かいじょう》のひとたちにも、みとめてもらえた。……ライトのおかげ」

「……そうか」

ライトが、ようやく、フッと笑《わら》った。

なんだか、いつもより、やわらかく感《かん》じる笑《え》み。

(ライトも、よろこんでくれてるのかも)

ライトは、ほこらしげに、あごをそらした。

「まあ、とうぜんだな。このおれが、見《み》いだして、特訓《とっくん》をつけたんだ」

うわあ、あいかわらず、自信満々《じしんまんまん》。

（けど——……）

ふふっ。

なんとなく、おかしくなって、笑《わら》ってしまう。

だって、うん、ライトがただしかったんだもの。

（わたしも、ライトのこと、みとめるしかないよね）

「まあね、おかげさまで！」

言《い》いながら、片手《かたて》をあげる。

「？……ああ、そういうことか」

わたしの意図《いと》に気《き》づいたライトも、手《て》をあげた。

パアン！

と、派手《はで》な音《おと》が鳴《な》って、きもちいい。

ふたりで、顔《かお》を見《み》あわせて。

どちらからともなく、笑《わら》いあう。
（なんか、すっごく、仲間《なかま》って感《かん》じがする！）
ハイタッチをはじめた赤坂《あかさか》に、感謝《かんしゃ》しないといけないね。
熱中《ねっちゅう》できることがあって。
仲間《なかま》がいて。
毎日《まいにち》が、トクベツ。
そんなことは、わたしの人生《じんせい》で、はじめてで。
正直《しょうじき》、浮《う》かれていたんだと思《おも》う。
だから。
わたしは、なんの気《き》なしに、言《い》ったのだ。
「なんか、今日《きょう》って、記念日《きねんび》にしたい気分《きぶん》だね」
と。
わたしのことばに、ライトが「たしかに」と、ほほえんだ。

「こんなに気分《きぶん》のいい誕生日《たんじょうび》は、はじめてだ」、と。

「えっ？　た、誕生日《たんじょうび》!?」

それって、今日《きょう》が、ライトの、誕生日《たんじょうび》ってこと!?

おどろくわたしに、ライトが、ふしぎそうに、首《くび》をかしげた。

「どうした？　おどろくようなことでもないだろう。おれにだって、誕生日《たんじょうび》くらいある」

「いや、それは、わかってるよ!?　でも、今日《きょう》とは知《し》らなかったから」

「……？　知《し》ったところで、どうでもいいだろう？」

ええー!?

ライトってば、本気《ほんき》で言《い》ってるみたいだけど、それ、おかしくない？

だって、誕生日《たんじょうび》だよ？

「それ、みんなで、祝《いわ》う日《ひ》でしょ！」

おもわず、全力《ぜんりょく》でつっこむと。

「そうか？　必要《ひつよう》ないと思《おも》うが」

あっさり、ライトから返《かえ》された。

（えっ、わたしが、おかしいの？）

わたしの家《いえ》では、誕生日《たんじょうび》は、ごちそうがあって、ケーキがあって、プレゼントがある日《ひ》だ。

カナも、お祝《いわ》いしてくれるし、赤坂《あかさか》も、去年《きょねん》、祝《いわ》ってくれた。

おなじように、わたしも、カナと赤坂《あかさか》の誕生日《たんじょうび》は、お祝《いわ》いした。

(それが、ふつうだよね？　いや、でも、待《ま》って)

ふと、わたしは、あることに気《き》づいた。

わたし、ライトの家族《かぞく》のこと、いちどもきいたことがない。

かんがえるより前《まえ》に、口《くち》がうごく。

「ライト、誕生日《たんじょうび》は……家族《かぞく》で、お祝《いわ》いしないの？　ごちそうとか、ケーキとか……」

「ない」

「え？」

即答《そくとう》されて、耳《みみ》をうたがう。

けれど、ライトは、いつものようにPCをいじりながら、淡々《たんたん》と、話《はな》した。

まるで、なんでもないことみたいに。

「両親《りょうしん》は、おれがちいさいころ、亡《な》くなっているし。

保護者《ほごしゃ》である叔父夫婦《おじふうふ》も、いそがしいひとたちだからな。

誕生日《たんじょうび》を家族《かぞく》ですごすという経験《けいけん》は、ない。

食事《しょくじ》は、コンビニにいけばいいし、ケーキも、べつに、必要《ひつよう》ないだろう?」

「――!」

おもわず、息《いき》をのんだ。

誕生日《たんじょうび》に、たったひとり?

(ううん、誕生日《たんじょうび》だけじゃない)

さいしょにスタジオをおとずれた日《ひ》、わたし、ライトは夕飯《ゆうはん》、どうするの? ってきいた。

あのとき、ライトは『てきとうにする』と答《こた》えたのだ。

きっと、やっぱり、コンビニかなにかで、すませていたんだろう。

コンビニのごはんが、わるいとは思《おも》わない。

だけど。

(……食《た》べるときも、眠《ねむ》るときも、ずっとひとりなんて、そんなの、さみしすぎる……!)

音楽制作《おんがくせいさく》の機材以外《きざいいがい》、なにもない部屋《へや》が、みょうに、寒々《さむざむ》しく思《おも》えた。

「ねえ、ライトは、さみしくないの? ひとりぼっちで、つらくないの!?」

たしかにライトは、ひとを超越《ちょうえつ》したところがある男《おとこ》の子《こ》だけど。でも、まだ子《こ》どもなのに。

こんなの、あんまりにも、ひどい！

だけど、ライトは、わたしがなにを言《い》っているのか、理解《りかい》していないみたいだった。

「さみしい？　つらい？　べつに、ふつうのことだろう」

「ふつう、って……」

「……ああ、そうか。かんがえてみれば、おれの環境《かんきょう》は、すこし、特殊《とくしゅ》なのかもしれないな」

はじめて、気《き》づいたように、ライトが、視線《しせん》をめぐらせた。

「おれは、天才《てんさい》だからな。

両親《りょうしん》もいないおれを、まわりは、利用《りよう》しようとするか、もてあますか、どっちかなんだ」

「え――」

あたりまえのことみたいに、ライトは言《い》う。

「言《い》っておくが、利用《りよう》されてやる気《き》はなかったから、そういうやつらは無視《むし》している。

そうしたら、あとは、おれと距離《きょり》をおこうとする人間《にんげん》ばかりになっただけだ。

なにせ、おれは、ちかよりがたいらしい。

神《かみ》のように、あつかわれるのは、とまどいをおぼえるが……。

まあ、おれが持《も》っているのは、音楽《おんがく》の才能《さいのう》だけだからな。

とうぜんの結果《けっか》だろう。
——というわけで、ひとりには、なれているから、まったく問題《もんだい》ない」
たぶん、本心《ほんしん》なんだろう。
ライトの表情《ひょうじょう》には、さみしさも、くるしさも、存在《そんざい》しなかった。
(でも、それは……ぬくもりを、知《し》らないからじゃないの?)
天才《てんさい》で、ちかよりがたいから。
(そういえば、わたしも、心《こころ》あたりがある)
ライトのこと、人間《にんげん》ばなれしてる、って、思《おも》った。
ちかよりがたい存在《そんざい》だって、勝手《かって》に、思《おも》い込《こ》んでた。
あまりにも、きれいで。
あまりにも、カンペキな存在《そんざい》だから。
(でも、みんなが、近《ちか》づかなかったら? そうしたら——ライトは、ひとりだ)
なんでも持《も》っているひとだと思《おも》っていた。
トクベツなひとだと、思《おも》っていた。
だけど——。

だれよりも高《たか》い場所《ばしょ》に、たったひとり。

ぽつん、とした、ライトのすがたを想像《そうぞう》して、胸《むね》がしめつけられる。

「変《へん》なことを話《はな》して、わるかったな。おれのことは、気《き》にするな」

「そんな――……！」

たしかに、ライトは、こまってないんだろう。

なれてるし、問題《もんだい》にしてないんだろう。

(だけど)

だけど、それじゃ、わたしが、いやだった。

ぎゅっ、と、こぶしをにぎりしめる。

「――そんなこと、言《い》わないで！」

「唯以《ゆい》？」

「あのね、ライトは、ひとりじゃないし、わたしが、ひとりぼっちに、させないよ。ちかよりがたいなんて、もう思《おも》わない！」

(さいしょは、なんていう、えらそうなやつだ、って、思《おも》った)

でも、みんなでスタジオにおじゃましたとき、思《おも》っていたより人間《にんげん》らしいやつだってわかって。

遠野《とおの》さんへの態度《たいど》は、どうかな、って、モヤモヤしたりもしたけど。
でも、あれも、わたしをまもろうとしてくれた気持《きも》ちを、知《し》っている。
自分《じぶん》のも、他人《たにん》のも、気持《きも》ちをだいじにしようとする姿勢《しせい》も、すごいって思《おも》う。
(ひとりで行《い》き詰《づ》まってたわたしのかわりに、コンテストに応募《おうぼ》もしてくれた)
魔法《まほう》も、かけてくれた。
そういう、ライトの良《よ》さに、みんな、気《き》づかないんだ。
きっと、ライト自身《じしん》も。
「わたし――……もっと、ライトと、なかよくなりたい」
ぜったい、なかよくなれない、って、思《おも》ったけど。
いまは、もう、ちがう。
(すこしずつ、ライトのことを知《し》っていって……かわったんだ)
「唯以《ゆい》……」
わたしのことばに、ライトが、きれいなダークブルーの瞳《ひとみ》をまるくする。
やがて。
やわらかく、ほほえんだ。

「……ありがとう、唯以《ゆい》。おまえは、やさしいな」

甘《あま》い声《こえ》が、わたしの耳《みみ》をくすぐる。

「おまえみたいなやつは、はじめてだ。おれも……おまえと、もっと、なかよくなりたい」

「ライト……」

胸《むね》がいっぱいになる。

(――――この気持《きも》ちは、なんなんだろう)

強《つよ》く、強《つよ》く、心《こころ》がひっぱられるような、ふしぎな気持《きも》ち。

「たぶん、ライトのよさを、もっと、みんなに知《し》ってもらえば、ほかのひとも、かわるよ。わたしや赤坂《あかさか》、カナだけじゃなく、もっともっと、友《とも》だちができる」

ライトが、すこしこまったように、眉《まゆ》をさげた。

「……そう言《い》われてもな」

「せめて、もうすこし、話《はな》しかたを、かえれば、いいんじゃない？」

なにせ、ライトは、口《くち》がわるい。

わたしに言《い》えたことじゃないけど、やたらと、誤解《ごかい》をまねく言《い》いかたなのは、まちがいない。

はじめて会《あ》ったときの『おれと、つきあえ』とか、意味不明《いみふめい》だよね。

そういえば、赤坂《あかさか》たちにたいしても、さいしょは、冷《つめ》たかった。

『好《す》きにしろ』とかって。

ああいう言《い》いかた、良《よ》くないよね。

そう思《おも》って、ライトに提案《ていあん》してみると。

ライトは、ふしぎそうに、首《くび》をかしげた。

「なにがわるいんだ？　ふつうだろう。むしろ、ていねいだと思《おも》ったが」

「ていねい!?　どこが！」

「だって、as you like だぞ。とても、ていねいだ」

どうどうと、えらそうに英語《えいご》でしゃべるライト。

さすが、クイーンズ・イングリッシュって言《い》うの？　すごく発音《はつおん》がいい。

ただ……わたしには、意味《いみ》がわからない！

しかたないので、ライトにネットを使《つか》わせてもらって、意味《いみ》を調《しら》べたところ……。

〝as you like《アズ ユー ライク》〟って、〝お好《す》きなように、なさってください〟的《てき》な意味《いみ》みたい！

みじかいことばに、長《なが》い意味《いみ》がこめられているなぁ。

それに……ライトの言《い》う、ていねいな態度《たいど》っていうのも、ほんとうらしい。

「それを、日本語《にほんご》に訳《やく》したら、好《す》きにしろ、だろう？」

たしかに、like《ライク》って、好《す》きって意味《いみ》だ。

じゃあ、つまりライトは、英語《えいご》でかんがえたことばを、むりやり日本語《にほんご》になおして、話《はな》していたの？

しかも、その訳《やく》に、誤解《ごかい》をまねく表現《ひょうげん》が、まじっていたってこと⁉

日本語訳《にほんごやく》が、ヘタだったんだ⁉

こんなところで、くいちがいがあったなんて、気《き》づかなかった……！

はあ……。

ふか〜く、ため息《いき》をついて、わたしは、ライトにむきあう。

「ライトの性格《せいかく》もあるんだろうし、すぐに、ぜんぶ、なおせとは言《い》わないけどさ……せめて、命令口調《めいれいくちょう》は、やめたら？　歌《うた》えとか、呼《よ》べとか」

「わかった。努力《どりょく》しよう」

おお、すなお！

ちょっと、意外《いがい》な気分《きぶん》になりつつ……。

「じゃあ、いきなり今日《きょう》とかはもうムリだけど。来週《らいしゅう》の日曜《にちよう》、みんなとライトの誕生日《たんじょうび》パーティーをしよう！」

「なに!?」

おどろくライトに、わたしは、一方的《いっぽうてき》に宣言《せんげん》してみせる。

だって……せっかくの誕生日《たんじょうび》でしょ？

祝《いわ》ってあげたいもんね！


その日《ひ》の午後《ごご》。

ライトは「なんだか、あたらしい曲《きょく》がかける気《き》がする」と、つぶやいていた。

11 誕生日《たんじょうび》ピクニック！

つぎの週《しゅう》の日曜日《にちようび》、宣言《せんげん》どおり、誕生日《たんじょうび》パーティーをすることになった。
赤坂《あかさか》とカナに、ライトの事情《じじょう》を話《はな》すと、ふたりとも、信《しん》じられないみたいだった。
やっぱり、おどろくよね。
赤坂《あかさか》は「くっそー、あいつ、本気《ほんき》で祝《いわ》ってやろーぜ！」と、こぶしをにぎりしめて。
カナは、「月読《つくよみ》ってば、言《い》えばいいのに！」と、怒《おこ》りながらも。
「べつに、あたしは、月読《つくよみ》なんて、どーでもいいけど、パーティーは好《す》きだからっ」
なんて言《い》って、わざわざ、パーティー用《よう》のおべんとうを、用意《ようい》すると言《い》ってくれた。
（やっぱり、ふたりとも自慢《じまん》の友《とも》だちだよ）
パーティーの場所《ばしょ》は、せっかくだから、いつものスタジオから出《で》ることにした。
えらんだのは、すこしとおくにある、おおきな公園《こうえん》。

「わあ、いい天気《てんき》」

「ピクニック日和《びより》だねー！」

わたしとカナが、歓声《かんせい》をあげる。

ライトは、まだ信《しん》じられないような顔《かお》で、ぼうぜんとしている。

「……ほんとうに、来《く》るとは」

「なーに言《い》ってんだよ、月読《つくよみ》！　今日《きょう》は主役《しゅやく》なんだから、たのしもうぜっ」

赤坂《あかさか》が、笑《わら》いながら、ライトの肩《かた》をたたいた。

ふふ、ライト、まだ、とまどっているみたい。

よく晴《は》れた空《そら》に、青々《あおあお》とした芝生《しばふ》の匂《にお》いが、気持《きも》ちいい。

もちよったピクニックシートをつなぎあわせて、風《かぜ》にとばされないよう、荷物《にもつ》をおいて。

わたしが、とりだしたのは、デコレーションケーキ！

ママにてつだってもらって、手作《てづく》りしたんだ。

「やっぱり、誕生日《たんじょうび》には、これがないとね」

「唯以《ゆい》、すごいじゃん！　ちゃんとケーキだよ！　ね、月読《つくよみ》っ」

「おれ、ローソク持《も》ってきたぜ～」

「じゃあ、しあげに、チョコペンつかうよ」

生《なま》クリームの上《うえ》に、チョコペンで文字《もじ》を書《か》く。

〝月読《つくよみ》ライト、ハッピーバースデー！〟

うーん、なかなか、わるくないんじゃない？

カナと赤坂《あかさか》と、ローソクを12本《ほん》、さして。

風《かぜ》で消《け》されないよう、気《き》をつけながら、火《ひ》をつける。


「…………」

ライトは、真顔《まがお》のまま、ケーキを見《み》つめていた。

その前《まえ》で、わたしたちは、声《こえ》をあわせて誕生日《たんじょうび》の歌《うた》をうたう。

「ハッピーバースデー　トゥー　ユー
ハッピーバースデー　トゥー　ユー
ハッピーバースデー　ディア　ライト〜

ハッピーバースデー　トゥー　ユ〜！」

「ほらほら、はやく消《け》して、月読《つくよみ》！」と、赤坂《あかさか》にせかされ。

「あ、ああ……」

ライトが、ふうっ、と、息《いき》をふきかける。
パチパチパチ！　と、拍手《はくしゅ》をしながら、わたしたちは「おめでとう！」と言《い》いあう。
「…………っ」
ライトが、ぎゅっ、と、眉《まゆ》をよせて。
やがて。
「――ありがとう。唯以《ゆい》、日向《ひなた》、カナ」
まるで、永遠《えいえん》に手《て》に入《はい》らないと思《おも》っていた宝《たから》物《もの》を、うけとったみたいな、ライトの顔《かお》。
ふだんは濃《こ》いダークブルーの瞳《ひとみ》が、うるんで、空《そら》の色《いろ》をうつしたように見《み》える。
そのライトの顔《かお》が、あまりにも、きれいで。
（こんなことくらいで、こんなに、うれしそうに、するなんて……！）
こんなの、いくらでも、するよ！

そう、さけびたくなってしまう。

一瞬《いっしゅん》、しんみりとした空気《くうき》をふりはらうように、赤坂《あかさか》が、あかるい声《こえ》をあげた。

「——よし、じゃあ、食《た》べようぜ〜！」

「そうだね！」

「うん、あたし、せっかく作《つく》ってきたし！」

「……ああ。ありがたく、もらおう」

そうして、やっと、パーティーがはじまる。

「じゃじゃーん！　あたしが作《つく》ってきたのは、サンドイッチだよー！　4種類《しゅるい》まざってるから、いろいろためしてみてよね！」

「おお、すげーな、柊木《ひいらぎ》！」

「へえ。器用《きよう》なんだな」

「もっと、ほめても、いーからねっ」

カナは、うれしそうに、えっへん！　と、胸《むね》をはる。

「とくに、おすすめは、これっ。あたしの自信《じしん》の新作《しんさく》！」

カナがゆびさしたのは……茶色《ちゃいろ》と黒《くろ》の、どろどろした具《ぐ》がはさまったものだった。

……いったい、これはなに？

カナが、うれしそうに説明《せつめい》する。

「これは、納豆《なっとう》と餡子《あんこ》のサンドイッチ！　名《な》づけて、マメママメサンドー！」

ぎょっ、と、全員《ぜんいん》が、あとずさった。

そのくみあわせ、ありえなくない!?

たしかに、大豆《だいず》と小豆《あずき》で、マメママメだけど！

そんな、おそろしいマメママメサンドに、すっ、と、のびる手《て》がある。

「……もらうぞ」

うわっ、ライト、勇気《ゆうき》ある！

カナが、うれしそうに、ライトを見《み》た。

「どう？　どう？　いけるよね？」

ええ……ぜったい、いけないよ……むりだよ……。

カナの、その自信《じしん》は、どこからくるんだろう。

わたしも、赤坂《あかさか》も、あおざめている。

ところが。

「……あんがい、食《た》べられるぞ？」

ライトが、ぽつりと、つぶやいた。

「やっぱり～～？　月読《つくよみ》、あんた、意外《いがい》にいいやつじゃん！　そこは『うまいっ！』って言《い》ってほしかったけど、まああんた、日本語《にほんご》が不自由《ふじゆう》なやつだから、ゆるしてあげる！」

カナが最高《さいこう》の笑顔《えがお》で、ライトのせなかをたたく。

「え、ライト、本気《ほんき》？　おいしいの？」

「おいおい月読《つくよみ》、むりするなって」

「ちょっと、唯以《ゆい》と赤坂《あかさか》は試食《ししょく》もしてないのに、どーいうこと⁉」

カナが、なにか言《い》っているけど、無視《むし》だ。

ライトが、マメマメサンドを食《た》べきり、まじめな顔《かお》で言《い》った。

「じつは、さいきん、創作意欲《そうさくいよく》が高《たか》まっていてな。食料調達《しょくりょうちょうたつ》にいくひまもなかったから、1週間《しゅうかん》、ずっとおなじ保存食《ほぞんしょく》を食《た》べていて……ちがう味《あじ》っていうだけで、おいしく感《かん》じる」

あー、そういう理由《りゆう》か～！

わたしと赤坂《あかさか》が、無言《むごん》で納得《なっとく》していると。

「ねえ月読《つくよみ》、あんた、あたしにケンカうってる？　うってるよね？」

「ほ、ほめるところも、あるぞ。たぶん」

カナの剣幕《けんまく》に、ライトはうろたえている。

「じゃあ言《い》ってみてよ」

問《と》いつめられ、しばらく考《かん》えこんだライトが、小声《こごえ》でこたえた。

「………食《た》べられるところ……」

「マ　ジ　で　、し　ば　く」

カナの目《め》は本気《ほんき》だ！

「あはははは、月読《つくよみ》、言《い》うじゃーん！」

「ぐっ、ご、ごめん、カナ、かばいきれない……っ」

わたしと赤坂《あかさか》は、大爆笑《だいばくしょう》。

ライトは、にげるように、水筒《すいとう》に手《て》をのばした。

「そうだ、茶《ちゃ》でものんで、おちつけ、カナ」

「なにそれ、口直《くちなお》ししたいってこと!?」

「そ、そういう意味《いみ》じゃない」

かみつくように言《い》うカナと、とまどうライトのすがたが、ほほえましい。

すぐに、赤坂《あかさか》が「まあまあ、柊木《ひいらぎ》。おちつこうぜ」と、笑《わら》いながらもカナをおさえてくれた。

あはは、なんか赤坂《あかさか》、猛獣使《もうじゅうつか》いみたい。

ライトは、水筒《すいとう》とコップを用意《ようい》しつつ、首《くび》をひねる。

「ほめたつもりなんだが……」

「いや、それは、むりがあるでしょ」

「そうなのか？……むずかしいな、人間関係《にんげんかんけい》は」

まあ、カナも、本気《ほんき》で怒《おこ》ってるわけじゃないしね。

じっさい、いまは、赤坂《あかさか》と、たのしそうに玉子《たまご》サンドをかじっている。

「すこしずつ、なれていくよ。それより、お茶《ちゃ》、用意《ようい》してくれたんだね」

ライトが、えらそうに、うなずいた。

「安心《あんしん》しろ、おれもいっしょに飲《の》める、麦茶《むぎちゃ》だ」

なんでも、ライトは、カフェイン過敏症《かびんしょう》だから、紅茶《こうちゃ》もコーヒーも飲《の》めないそうだ。

「ハーブティーとかじゃないんだ？」

「日本《にほん》では、麦茶《むぎちゃ》のほうが、手《て》に入《はい》りやすかった」

こういうところ、ほんとうに、ライトってイメージとちがう。

こだわり、ありそうなのに、ないんだよね。

つい、ちいさく、笑《わら》ってしまう。

「どうして、笑《わら》うんだ？」

「いやあ、なんか、ライトだなって思《おも》って……」

ごめんね、ふかい意味《いみ》はないよ。

そう言《い》って、わたしは、ライトのコップに、麦茶《むぎちゃ》をそそぐ。

(なんか、さいしょの出会《であ》いからかんがえると、ウソみたい)

あの最悪《さいあく》な転校生《てんこうせい》と、こんなふうに、青空《あおぞら》の下《した》で、ピクニックをする日《ひ》がくるなんてね。

(人生《じんせい》って、ふしぎ)

どうしてだろう。

わたし、最近《さいきん》どんどん、ライトといるのが、たのしくなっていくみたいに感《かん》じるんだ。

いままで見《み》たことのないライトの一面《いちめん》を知《し》るたびに、ワクワクして。

いっしょにいるだけで、うれしくなってしまう。

くすぐったいような、へんな気持《きも》ち。

そんな気分《きぶん》のまま、笑顔《えがお》で、「はい」と、ライトにコップをわたす。

なんてことのない、ふつうの、しぐさ。

だけど。

「……！」

ライトが、なぜか、とつぜん、目《め》を見《み》ひらいて、わたしをじっと見《み》た。

「なに、どしたの？　顔《かお》になんかついてた？」

「いや……おまえが――唯以《ゆい》が、そういう無邪気《むじゃき》に笑《わら》うところを、はじめて見《み》た……」

「は？」

ライトは、あいかわらず、目《め》をうばわれたように、わたしを、見《み》つめている。

「―― so cute……」

ライトが、口《くち》のなかで、つぶやくように、なにかを言《い》ったのが聞《き》こえた。

だけど、なかみは英語《えいご》で、わたしには、うまく聞《き》きとれない。

(ライトってば、なに、ひとりごと言《い》ってるんだろ？)

「なに？　いま、なんて言《い》ったの!?」

ぐっ！　と、距離《きょり》をつめたとたん。

「うわっ！」

ライトが、一瞬《いっしゅん》で、顔《かお》を真《ま》っ赤《か》にした。

間近《まぢか》にせまった、陶器《とうき》のような肌《はだ》が、きれいに赤《あか》く染《そ》まっている。

ダークブルーの瞳《ひとみ》が、ひどく動揺《どうよう》したようすで、わたしを見《み》つめる。

「ちょっと、ライト、さっきから、どうしたの？　ようす、変《へん》だよ」

もしかして、熱《ねつ》でも、あるのかな？

そう思《おも》って、ライトのひたいに、手《て》をあてようとする。

しかし、ふれそうになる寸前《すんぜん》で、ライトが、わたしから、身《み》をかわした。

「ま、まて！　いきなり距離《きょり》をつめるなっ」

「はあ？　急《きゅう》に、なに言《い》ってんの？　ひとが心配《しんぱい》してるのに」

「おれは、だいじょうぶだ。問題《もんだい》ない」

「そうなの？　まあ、だったら、いいけどさ」

まあ、いっか。

本人《ほんにん》が、だいじょうぶって言《い》うなら、ほうっておこうかな。

となりでは、いまだに、赤坂《あかさか》とカナが、サンドイッチ論争《ろんそう》をつづけていた。

（これが、毎日《まいにち》、充実《じゅうじつ》してるってやつなのかも）

くすりと笑《わら》って、空《そら》にうかぶ雲《くも》を見《み》あげる。

とうぜん、わたしは、ライトが〝すっごく、かわいい……〟と、つぶやいていたことなんて、知《し》らなくて。

さらに、真《ま》っ赤《か》な顔《かお》のまま、ライトが英語《えいご》でなにを言《い》っていたか、なんて。

まったく、わからなかった。

「――――(こんなの、好《す》きになるだろ)……!」

日《ひ》がかげり、肌寒《はだざむ》い風《かぜ》が、ふたりの髪《かみ》をゆらす。

ライトのバッグから、また電話《でんわ》の音《おと》が鳴《な》った。

12 たくさんの、はじめて

ピクニックパーティーから、数週間《すうしゅうかん》。
わたしの歌《うた》も、かなり歌《うた》いこんで、うまくなってきたと思《おも》う。
すでに、新曲《しんきょく》のレコーディングは、はじめてるんだ。
「そろそろ、完成《かんせい》させたいからな」と、ライトが言《い》ったから。
わたしは、もっと、時間《じかん》をかけても、いいんだけどね。
まあ、ライトが言《い》うなら、しかたない。
これは、ライトの曲《きょく》だから。
すこしずつ歌《うた》って、うまく歌《うた》えた部分《ぶぶん》を、ライトが編集《へんしゅう》して、つなげる。
プロのアーティストでも、一発録《いっぱつど》りじゃなくこうすることが多《おお》いらしい。
すこしは、ボイストレーニングの成果《せいか》も、出《で》てきたと思《おも》う。

むずかしいメロディでも、フレーズを上手《じょうず》につなげられたり、高音《こうおん》での伸《の》びも出《で》てると、ライトがほめてくれた。

ただ楽譜《がくふ》のとおりに音《おと》を出《だ》すだけじゃない。

音《おと》のつながりや強弱《きょうじゃく》、これまで練習《れんしゅう》してきた技術《ぎじゅつ》を使《つか》って、ようやく気持《きも》ちを歌《うた》にこめることができるんだ。

「唯以《ゆい》、いまの、よかった」

ライトの満足《まんぞく》そうな表情《ひょうじょう》に、ホッとする。

ただ、ひとつ、気《き》になっていることがあった。

(……さいきん、ライトが電話《でんわ》をかけにひとりで出《で》ていくことが多《おお》い)

いつものスタジオのマイクの前《まえ》で、わたしは首《くび》をひねる。

カナも、おなじことを思《おも》ったようだ。

「月読《つくよみ》、いっつも、だれと電話《でんわ》してんだろー?」

たしかに、ナゾ。

しかも、ぜったいに、わたしたちの前《まえ》では、電話《でんわ》に出《で》ないんだよね。

そのわりに、学校《がっこう》でも、へいきでケータイ持《も》ち歩《ある》いているし。

ほんとは、学校《がっこう》では、電話《でんわ》しちゃいけないはずなんだけど……。

「……なんなんだろうね？」

そのとき、電話《でんわ》がおわったのか、ライトが「またせた」と、スタジオにもどってきた。

電話《でんわ》のことを聞《き》くよりはやく、ライトがたのしそうに指示《しじ》してくる。

「じゃあ、つぎのフレーズ、録《と》るぞ」

「うん！」

ライトの瞳《ひとみ》から、この曲《きょく》を完成《かんせい》させることに夢中《むちゅう》になっているのが伝《つた》わってきて。

わたしは、つい、その疑問《ぎもん》について、わすれてしまったのだった。

――それが、どれだけ、重要《じゅうよう》なことか、気《き》づきもせずに。


「――できたぞ！」

目《め》の下《した》にくまをつくったライトが、大声《おおごえ》でさけんだのは、5日後《いつかご》のこと。

ライトがやってきて、3か月《げつ》ちかくたった、木曜日《もくようび》の放課後《ほうかご》だった。

レコーディングをおえて、あとは、ライトの作業《さぎょう》を待《ま》つばかりだった、わたしたち。

赤坂《あかさか》とカナもいっしょに、「ほんと⁉」と、とびあがる。
ライトが、ちょっとつかれた顔《かお》で、うなずいた。
ただし、その瞳《ひとみ》には、いつも以上《いじょう》に、自信《じしん》がみなぎっている。
「ああ。みんなに、聴《き》いてほしい。――これが、おれと……唯以《ゆい》の、新曲《しんきょく》だ」
ライトと……わたしの？
トクン、と胸《むね》が高鳴《たかな》る。
ライトがPCを操作《そうさ》し、スピーカーから、音色《ねいろ》がながれはじめた。
しずかにはじまるピアノの音《おと》。
ピアノにシンクロする、おだやかな、わたしの声《こえ》。
まるで、祈《いの》りのようなひびきが、室内《しつない》をみたす。
そこから、すこしずつ、楽器《がっき》が、音《おと》が、ふえていき。
張《は》りのある歌声《うたごえ》にひっぱられ、もりあがる！
（うわ……！　これが、わたしの声《こえ》？）
のびのびと、あかるく、ひろがりのある声《こえ》。
まるで、自分《じぶん》の声《こえ》じゃないみたいだ。

ライトのつみあげた音《おと》と、わたしの声《こえ》。
かさなり、からみあうことで、まったく、あたらしい音楽《おんがく》をかなでている。
(ふたつの音《おと》が、ひとつになってる……！)
やさしさと、あたたかさ。
過去《かこ》への感謝《かんしゃ》と、未来《みらい》への希望《きぼう》。
つむがれる歌詞《かし》にこめられた想《おも》いが、そのまま、つたわってくる。
音《おと》と音《おと》がつながり、心《こころ》にひろがっていく。
(これが――――ライトの、もとめていたものなんだ)
こんなに、きれいで、心《こころ》があたたかくなる曲《きょく》、きっと、ほかにない。
聴《き》いているだけで、心《こころ》が満《み》たされて、しあわせな気持《きも》ちになれる。
(ライトは、すごい……！)
かろやかに、曲《きょく》がおわる。
いつのまにか、涙《なみだ》がにじんでいた。
カナと赤坂《あかさか》も、目《め》が赤《あか》い。
「すごい、すごいよ！　月読《つくよみ》も唯以《ゆい》も、すごすぎ……！」

「やばい……おれ、こんなに感動《かんどう》したの、はじめてなんだけど……」

鳴《な》りやまない、ふたりの拍手《はくしゅ》。

きっと、レコーディングの苦労《くろう》を見守《みまも》ってくれたから、なおさらなんだろう。

そして、ライトは。

「唯以《ゆい》！」

「！」

ほおをほのかに赤《あか》く染《そ》め。

蒼《あお》い瞳《ひとみ》を、キラキラと、星《ほし》のように、かがやかせ。

満面《まんめん》の笑《え》みで、わたしを、抱《だ》きしめてきた！

「ちょ、ラ、ライト――っ？」

「やったぞ、唯以《ゆい》！　We did it!」

よっぽど、うれしいんだろう。

もう、英語《えいご》になっちゃっている。

涼《すず》しげな目《め》もとを、甘《あま》く、ゆるませて。

ライトは、わたしに、熱《あつ》くささやく。

「おまえ、最高《さいこう》……！　やっぱり、おまえは、おれのＤＩＶＡ《ディーバ》（歌姫《うたひめ》）だ」

（こんなに、うれしそうなライト、はじめて見《み》る）

別人《べつじん》みたいに、純粋《じゅんすい》で、無防備《むぼうび》な笑《え》顔《がお》！

それを見《み》ただけで……。

わたしの胸《むね》が、撃《う》たれたみたいになる。

（どうしよう、すごく、うれしい……！）

ライトが、全身《ぜんしん》でよろこんで、わたしを最高《さいこう》って言《い》ってくれたこと。

なにもかも、ぜんぶが、うれしすぎて。

（わたし、ライトが、好《す》きだ）

すとん、と、気持《きも》ちが胸《むね》に、おちてき

た。
（ああ、そうか――）
ようやく、わかった気《き》がした。
ライトと、もっと、なかよくなりたいっていう気《き》持《も》ち。
いっしょにいるだけで、たのしいって思《おも》う気《き》持《も》ち。
（ぜんぶ、恋《こい》だったんだ）
わたしにとって、はじめての恋《こい》。
（――まさか、ライトを好《す》きになるなんて）
自覚《じかく》したとたん、顔《かお》が、ぼっ！　と燃《も》えあがる。
うわっ！
ライトってば、なに、抱《だ》きついてんの!?
「ちちち、近《ちか》いよっ」
うわずる声《こえ》で言《い》い、ライトをひきはがす。
だけど、ライトは、ちっとも、わるびれなくて。
むしろ、まだまだ、しあわせそうで。

「ああ、わるい」なんて言《い》いながら、ニコニコしている。

さいしょのころの、えらそうな態度《たいど》とは、ほんとうに別人《べつじん》みたい！

(でも、こういうところも見《み》られて、うれしいって思《おも》っちゃうんだよね……！)

曲《きょく》の完成《かんせい》と、はじめての恋《こい》に、わたしの頭《あたま》は、しあわせ一色《いっしょく》。

「とにかく、これで、完成《かんせい》なんだね!?」

「――ああ」

わたしの問《と》いに、ライトが、いつものように、自信満々《じしんまんまん》に、うなずいた。

「数日後《すうじつご》には、画像《がぞう》もあわせて、ネットにあげる。たのしみにしていろよ」

その日《ひ》は、ライトがお菓子《かし》を買《か》ってくれて。

みんなで、うちあげお茶会《ちゃかい》をした。

13 時間制限《タイムリミット》つきの恋《こい》？

ライトに、気持《きも》ちをつたえよう。

ただし、ふたりきりに、なったときに。

気持《きも》ちを自覚《じかく》した日《ひ》の夜《よる》に、わたしは、ひとり、意志《いし》をかためた。

だって、もう、気持《きも》ちが、あふれだしそうなんだもの！

こんなの、ひとりじゃ、かかえきれない。

だから、わたしは、放課後《ほうかご》、ライトをさがして、校舎《こうしゃ》をあるく。

(遠野《とおの》さんにきいた話《はなし》だと、たしか、音楽室《おんがくしつ》にいるんだよね)

なんだかんだ言《い》って、遠野《とおの》さんとも、ふつうに、しゃべれるようになった。

むしろ、すこしずつ、協力的《きょうりょくてき》になってくれてるんだ。

おかげで、ライトのファンネットワークから、ライトの居場所《いばしょ》も、おしえてもらえたのだ。

緊張《きんちょう》して深呼吸《しんこきゅう》しつつ、ドアを開《あ》けようとしたとき。

ドアのむこうから、先生《せんせい》の声《こえ》が聞《き》こえてきた。

『——家庭《かてい》の事情《じじょう》ということで特別《とくべつ》に許可《きょか》しているけど、あまり校内《こうない》で携帯電話《けいたいでんわ》をつかわないようにしてくださいね』

『もうしわけありません』

あやまる声《こえ》は、ライトのもの。

どうやら、先生《せんせい》とライトが、話《はな》しているところみたい。

(じゃましちゃ、わるいよね)

おとなしく、ドアの前《まえ》で待《ま》っていようとしたのだけれど。

つづいて聞《き》こえてきた先生《せんせい》のことばに、耳《みみ》をうたがった。

『きみが、この学校《がっこう》にいるのも、あと数日《すうじつ》とはいえ……』

(……え?)

数日《すうじつ》?

それって…………どういう、意味《いみ》?

わからないわたしの耳《みみ》に、さらに先生《せんせい》の声《こえ》が聞《き》こえてくる。
『イギリスでは、もともと通《かよ》っていたパブリックスクールに、もどるんですよね？』
『はい。叔父《おじ》や弁護士《べんごし》からも、電話《でんわ》で、そう強《つよ》く言《い》われているので』
『なるほど。もう新学期《しんがっき》の授業《じゅぎょう》ははじまっていますもんね』
『そう、ですね』
『まあ、あとすこしのあいだ、この学校《がっこう》で、いい思《おも》い出《で》をつくってください』
『…………ありがとうございます』
どこか人形《にんぎょう》めいた、ライトの声《こえ》。
先生《せんせい》のことばを否定《ひてい》することは、なかった。
（じゃあ……ライトは、もうすぐ、イギリスにかえるの？）
そんなの、うそでしょ？
だって、まだライトが来《き》て、３か月《げつ》も経《た》ってないんだよ。
だけど、なんとなく、心《こころ》のどこかで、納得《なっとく》した。
たびたび鳴《な》る、ライトの電話《でんわ》。
ライトに、あまり強《つよ》く注意《ちゅうい》しなかった先生《せんせい》たち。

（あれは、すぐにイギリスにもどるって、わかってたから？）
それに……。
ライトは、新曲《しんきょく》のレコーディングを、すこし、急《いそ》いでいた。
（わたしは、もっと時間《じかん》をかけてもいいと思《おも》っていたけれど……ライトは、ちがった）
これって、つまり。
――さいしょから、３か月《げつ》しか、日本《にほん》にいない予定《よてい》だったの？
（そんな……！）
なんで、言《い》ってくれなかったんだろう、とか。
ほんとうに、かえっちゃうの？　とか。
ライトに、言《い》いたいことが、たくさん、ある。
だけど、なによりも、今《いま》はただ、ショックだった。
（ライトが、いなくなる）
はなれてしまう。
（それも……イギリスなんて）
あまりにも遠《とお》すぎる。

いくらくらい、おこづかいを貯《た》めたら、行《い》けるのか、見当《けんとう》もつかない。
ライトがまた、日本《にほん》にかえってくる保証《ほしょう》なんかない。
最悪《さいあく》のばあい……もう、二度《にど》と会《あ》えない。
(ライトに……会《あ》えなくなる)
思《おも》った瞬間《しゅんかん》、胸《むね》に、はげしい痛《いた》みが走《はし》った。
(——いやだ!)
くるしくて。
わたしは、その場《ば》から、走《はし》り去《さ》る。
いつもは、走《はし》らない廊下《ろうか》を駆《か》けて、校庭《こうてい》に出《で》て。
だれもいない、プールのうらで、うずくまる。
(はなれたくない)
心臓《しんぞう》がいたくて、ちぎれそう。
のどがふるえて、声《こえ》にならない。
なんで、こんなに、くるしいんだろう。
なんで、こんなに、つらいんだろう。

(ライトと、もっと、いっしょにいたい)
涙《なみだ》が、ほおを、すべりおちて。
ぽたりと、地面《じめん》にあとをつくる。
(だって……はじめて、好《す》きになったひとなんだ)
えらそうで、ごうまんで。
才能《さいのう》があって、気持《きも》ちをだいじにするひとで。
意外《いがい》に、親切《しんせつ》だったり、やさしかったりして。
じつは、とっても、さみしいところが、あって。
不器用《ぶきよう》で、かっこいい、ライトを。
(好《す》きに、なったのに――……)
なのに、と、くちびるをかみしめる。
もう、会《あ》えなくなるひとだ。
だったら――。
(ライトのことは、あきらめなきゃ、いけない)

はじめから好《す》きになっちゃ、だめだったんだ。
あきらめるしかない、相手《あいて》なんだ。
（なんで……こんな恋《こい》、しちゃったんだろう）
ぜったいに、かなわない、片思《かたおも》い。
あきらめなきゃいけない恋《こい》。
それなら。
（こんな気持《きも》ち……知《し》りたくなかったよ、ライト――）
「うぅ……ひっく……」
絶望《ぜつぼう》で胸《むね》がつぶれそうになる。
涙《なみだ》が、あとから、あとから、こぼれでた。

14 ほんとうの気持《きも》ち

翌朝《よくあさ》、わたしは、泣《な》きはらした目《め》をして、のろのろと、登校《とうこう》した。

いつもの教室《きょうしつ》が、すごく暗《くら》く見《み》える。

「唯以《ゆい》ってば、どしたの⁉」

さっそく、近《ちか》づいてきたカナが、おどろいた声《こえ》を出《だ》した。

「……虹ケ丘《にじがおか》、なにがあったわけ？」

と、赤坂《あかさか》が、つづいてめずらしく真剣《しんけん》な顔《かお》で問《と》いかけてくる。

「ごめん……ちょっと」

と、ことばをにごしてしまう。

だって、なんて言《い》えばいいのか、まだ、頭《あたま》を整理《せいり》できていないんだ。

待《ま》っていても、ライトは、登校《とうこう》してこない。

1時間《じかん》めも、2時間《じかん》めも。

昼休《ひるやす》みや、授業《じゅぎょう》のあいまも。

(今日《きょう》はもう、学校《がっこう》を休《やす》むのかな……もうあと数日《すうじつ》しか、日本《にほん》にいないって言《い》ってたのに)

ズキンと、また胸《むね》がいたむ。

——ライトが登校《とうこう》してきたのは、6時間《じかん》めがおわった、放課後《ほうかご》のことだった。


心配《しんぱい》するカナたちにかこまれながら、教室《きょうしつ》にのこっていたとき。

がらりと戸《と》があいて、ライトが、入《はい》ってきたのだった。

「えっ、月読《つくよみ》!?」

「こんな時間《じかん》に登校《とうこう》かよ？　あいかわらずマイペースだな」

ライトは、なにもこたえない。

……それも、ずいぶん、神妙《しんみょう》な顔《かお》をしている。

まるで、なにかを……大切《たいせつ》なことを、うちあける覚悟《かくご》をしたみたいな、顔《かお》。

(…………それって、きっと)

なんとなく、ライトは、イギリス行《い》きのことを言《い》う気《き》なんだって、思《おも》った。

「月読《つくよみ》、あんた、なんで学校休《がっこうやす》んだの？」

という、カナの問《と》いや。

「あれ？　月読《つくよみ》、なんか、ようすがちがうくね？」

という、赤坂《あかさか》のつぶやきを、無視《むし》して。

ライトが、まっすぐにわたしたちのほうへ、近《ちか》づく。

それが、わたしには、おわりの鐘《かね》の音《おと》みたいに聞《き》こえた。

シンデレラの魔法《まほう》の時間《じかん》が、おわるあいず。

（そうだ、おわるんだ――）

ごくりと、息《いき》をのむ。

せめて、ライトのじゃまには、なりたくない。

だから、わたしは、勇気《ゆうき》をふりしぼって、顔《かお》をあげて。

ライトにむかって、笑《わら》いかける。

「唯以《ゆい》、それに、ふたりも。きいてくれ、おれは――」

「――イギリスに、かえるんだよね？」

「！」

ライトのことばを、さえぎって、問《と》いかけた。

とたん、ライトが、目《め》を見《み》ひらく。

「ごめんね。きいちゃったんだ、先生《せんせい》との話《はなし》」

「そう、だったのか」

ライトののどが、ごくりと上下《じょうげ》する。

ダークブルーの瞳《ひとみ》が、ゆれていた。

「ちょ、ちょっと、どーいうこと、月読《つくよみ》。イギリス？」

「月読《つくよみ》、かえるって、なんの話《はなし》だよ!?」

とまどったようすの、カナと、赤坂《あかさか》に。

「じつは」と、ライトが話《はな》しだす。

日本《にほん》にくるのは、もともと3か月《げつ》だけの予定《よてい》だったこと。

イギリスで通《かよ》っていた学校《がっこう》で、進級予定《しんきゅうよてい》だということ。

その関係《かんけい》で、弁護士《べんごし》や学校《がっこう》から、電話《でんわ》がかかってきていたこと。

いまも、すこしでも早《はや》くイギリスにもどるよう、なんども言《い》われていること——。

ぽつぽつと、話《はな》して、ライトは、くるしそうに、こぼす。

「いくら天才《てんさい》って言《い》われていても、しょせん、おれは未成年《みせいねん》だ。保護者《ほごしゃ》の監督下《かんとくか》にある。自分《じぶん》のしたいようには、できない」

「そんな、じゃあ、もう会《あ》えないわけ⁉」

カナが目《め》を見《み》ひらく。

「月読《つくよみ》、おまえ、なんで、さいしょから、言《い》わなかったんだよ……！」

赤坂《あかさか》が、怒《いか》りをあらわにする。

「……わるい」

ライトは、ただ、しずかに、頭《あたま》をさげた。

（ああ、ほんとうなんだ）

だけど、泣《な》くわけには、いかなかった。

（さいごは、笑《わら》って、ライトを見送《みおく》りたい）

だから、なんでもないことみたいに、あかるく、ふるまった。

「もう、このチームも、おわりだね、ざんねん」

「……っ」

わたしのことばに、ライトが、くちびるをかむ。

それは、と、口《くち》をゆっくり、うごかした。

「……それはつまり、もう、おれに関《かか》わりたくないってことか？」

ダークブルーの瞳《ひとみ》が、わたしを射《い》ぬく。

「もう、おれの曲《きょく》を歌《うた》いたくないってことか」

そんなわけない。

（……でも、それを言《い》って、どうするの？）

どうにも、ならないことだ。

だって、ライトの言《い》うとおり、わたしたちはしょせん、まだ子《こ》どもで。

イギリスにいくことも、日本《にほん》にのこることもえらべない。

はなればなれになるしか、ない。

もちろん、いまどき、ネットで連絡《れんらく》をとりあうこともできる。

だけど。

「――ライトの魔法《まほう》が解《と》けたら、わたし、フツーの子《こ》だよ。日本《にほん》で、フツーに生《い》きていく」

ぽつり。

こぼしたことばに、カナと赤坂《あかさか》が、息《いき》をのむ。

「だいじょうぶ、ライトがくる前《まえ》にもどるだけだもん。……そりゃ、さみしいけどね。カナたちだって、そうでしょ。これで、チーム解散《かいさん》だもん」

なるべくおどけて、言《い》う。

ライトが、ぎゅっと、くるしそうな顔《かお》をした。

「………っ」

たえるように、こぶしをにぎりしめて。

ライトは、「そうか」と、しずかに、うなずく。

うなずいて、それだけだった。

あとはもう、なにも言《い》わない。

「っ、ごめん、わたし、もう、かえるね――!」

たえきれなくて、わたし、わたしはライトに背《せ》をむける。

「唯以《ゆい》っ」「虹ケ丘《にじがおか》！」

カナたちの呼《よ》び声《ごえ》も気《き》にせず、わたしは教室《きょうしつ》からとびだした。


(これで、ぜんぶ、もとどおりか……)

教室《きょうしつ》をとびだして、わたしがむかったのは、いつかも来《き》た、水田《すいでん》のほとり。

稲《いね》はすっかり刈《か》りとられている。

どれくらいの時間《じかん》、そうしていただろう。

すっかり日《ひ》が暮《く》れて、あたりが暗《くら》くなってきたころ。

「――虹ケ丘《にじがおか》」

「赤坂《あかさか》……」

長《なが》めの髪《かみ》をゆらして、赤坂《あかさか》が、近《ちか》づいてきた。

赤坂《あかさか》は、わざと、かるい口調《くちょう》で、つぶやく。

「虹ケ丘《にじがおか》はさー、おれと、つきあってれば、よかったんだよ」

それって、ずっと前《まえ》に言《い》ってた、冗談《じょうだん》の話《はなし》？

ふっ、と、笑《わら》いがこみあげてくる。

「あはは……そうだね」

ほんと、赤坂《あかさか》を好《す》きになれていたら、きっと、こんなにくるしい気《き》持《も》ちには、ならなかった。

ふつうに、好《す》きになって。

ふつうに、告白《こくはく》して。

ふつうに、ふられたりして。

（……いかにも、フツーな、わたしらしい恋《こい》に、なるはずだったのに）

こんなにも、くるしくて。

こんなにも、せつなくて。

こんなに、泣《な》いてしまうような。

（こんな、運命《うんめい》みたいな恋《こい》、わたしは、ぜったい、しないと思《おも》ってた——……）

かさかさと、枯《か》れ葉《は》が風《かぜ》に舞《ま》う。

秋《あき》は、さみしい季節《きせつ》だと、はじめて思《おも》った。


虹ヶ丘唯以《にじがおかゆい》が駆《か》け去《さ》り、赤坂日向《あかさかひなた》が、それを追《お》っていったあと。

教室《きょうしつ》には、月読《つくよみ》ライトと、柊木《ひいらぎ》カナがのこっていた。

カナは、信《しん》じられない気持《きも》ちで、ライトに問《と》いかける。

「ねえ、なんで、あんた、唯以《ゆい》を追《お》いかけないの？　唯以《ゆい》、泣《な》いてたのに――」

言《い》いかけて、カナは、目《め》を見《み》はる。

ライトが、なにかのメモを、やぶりすてていたから。

「ちょ、あんた、なにしてんの⁉」

「もう必要《ひつよう》ないから、すてている」

こまかく、ちぎられたメモ用紙《ようし》。

たしか、さいしょの日《ひ》にきいた話《はなし》だと、歌詞用《かしよう》のものだったはずだ。

だいじなもののはずなのに、なぜ、ライトは、すてしまうのか。

ライトが、ひとりごとのように、つぶやいた。

「……あいつの迷惑《めいわく》に、なりたくないんだ」

「え？」

「追《お》いかけたいとか、はなれても、おれの曲《きょく》を歌《うた》ってほしいとか、そう思《おも》うのは、おれの勝手《かって》な、わがままだ。おれと、唯以《ゆい》の関係《かんけい》は、はじめからそうだった。おれがふりまわしていただけだ。

はなれてからも……おれのわがままで、唯以《ゆい》の負担《ふたん》になりたくない」

「なにそれ、じゃあ、唯以《ゆい》のためなの？」

カナのことばに、ライトはこたえない。

けれど、だまっているのは、うなずいたようなものだ。

「でも……唯以《ゆい》も、あんたも……好《す》きあってるんじゃん⁉」

「……！」

くやしそうに、カナは、自分《じぶん》のうでを、にぎりしめる。

「いっそ、さいしょから、イギリスにかえるって、言《い》っていればよかったのに――」

おもわず、もれた、カナのことば。

それに、ライトが「そうだな」と、さみしげに、同意《どうい》した。

「わかってたの？　じゃあ、なんで」

「おれも、こわかったんだ」

「こわい？」

いつだって自信満々《じしんまんまん》だったライトには、にあわないことばに、カナはとまどう。

けれどライトは、どこまでもしずかに、うなずいた。

「さいしょは、唯以《ゆい》のことも、ただの歌い手《うたて》としか思《おも》っていなかった。

たんに、あいつの声《こえ》だけが、目的《もくてき》で。

1曲《きょく》、つきあわせれば、それっきりになるはずだった。

だけど、あいつを見《み》て……おもしろいって思《おも》って。

おれのピアノを聴《き》いて、一生懸命《いっしょうけんめい》、ことばをえらんで、ほめるすがたが、たのしくて。

まじめに、練習《れんしゅう》するところは、尊敬《そんけい》した。

みょうに自信《じしん》のないあいつが、コンテストの舞台《ぶたい》でがんばってるのを見《み》て、ほこらしく思《おも》った。

そのうえ……おれのことを、必死《ひっし》にかんがえてくれて、うれしくなった。

たぶん、あのとき、もう、無意識《むいしき》に、ひかれてたんだろう。

それで――……無邪気《むじゃき》な笑顔《えがお》をむけられて、かわいいと思《おも》った。

おれは、唯以《ゆい》が、好《す》きなんだって、気《き》づいたんだ」

でも、と、ライトはつづける。

「好《す》きな相手《あいて》も……おまえたちみたいな、……〝仲間《なかま》〟っていう存在《そんざい》も。おれにとっては、はじめてだったから。

……うしなうのが、こわくなった。

イギリスにかえることを告《つ》げて、ぜんぶ、おわりになる日《ひ》が、こわかった。

だから、すこしでも、さきのばしにしたくて――」

それで、このざまだ。

そう言《い》って、ライトが苦笑《くしょう》する。

「おれは、唯以《ゆい》の言《い》ったとおり、そうとうなバカだな」

「……月読《つくよみ》」

ライトも、唯以《ゆい》も、はなれたくて、はなれるんじゃない。

きっと、おたがいを想《おも》うからこそ、はなれるんだ。

それがわかるからこそ。

「……っ」

くやしくて、かなしくて、やるせなくて。

カナは、なにも言《い》えなくなったのだった。

月読《つくよみ》ライトが、学校《がっこう》から消《き》え去《さ》ったのは、翌日《よくじつ》のことだった。

15

それで、いいのか？

わたしの日常《にちじょう》は、もとにもどった。
ふつうに学校《がっこう》にいって、ふつうに家《いえ》にかえって。
ライトがいなくなったおかげで、女子《じょし》の態度《たいど》も、ふつうにもどった。
ぜんぶ、もとどおり。
とくに、熱《あつ》くなれることもない。
夢《ゆめ》も、趣味《しゅみ》も、ない。
無難《ぶなん》に公務員《こうむいん》をめざす日々《ひび》。
前《まえ》とちがって、なぜか、灰色《はいいろ》みたいに感《かん》じるけど。
きっと、すぐに、なれる。
そうして、このまま、つまんない大人《おとな》になるんだろう。

キラキラしていた、あの時間《じかん》が、夢《ゆめ》だったみたいに……。
カナも、赤坂《あかさか》も、わたしを、そっとしておいてくれた。
カナが、タブレット端末《たんまつ》を持《も》って、さわぎたてたのは、そんな、ある日《ひ》。
ライトがいなくなって、1週間《しゅうかん》めのときだった。

「ちょ、ちょっと、唯以《ゆい》、赤坂《あかさか》、これ見《み》てっ」
放課後《ほうかご》の教室《きょうしつ》で、カナの持《も》ってきたタブレットをのぞきこむ。
いったい、なんだろう？　と、思《おも》ったら。
そこにあったのは、ライトの新曲《しんきょく》だった。
（わたしと、ライトの、ふたりの音《おと》だ……！）
ちゃんと、ネットにあげてたんだ。
やっぱり、すごくいい曲《きょく》。
ライトのことをかんがえるときの胸《むね》の痛《いた》みも、消《け》してくれる。
でも、――それだけじゃなかった。
音源《おんげん》のラストまで、聴《き》いたとき。

「うそ、マジで？　月読《つくよみ》、おれたちの名前《なまえ》も、のせてくれてんじゃん……！」

「そうなんだよ、赤坂《あかさか》！」

赤坂《あかさか》の言《い》うとおり、画面《がめん》には、協力者《きょうりょくしゃ》として、カナと赤坂《あかさか》の名前《なまえ》がそえられていた。

〝チーム月読《つくよみ》〟。

赤坂《あかさか》が、てきとうにつけた名前《なまえ》も、ちゃんとのっている。

「……月読《つくよみ》のやつ、おれらのこと、仲間《なかま》ってみとめてたんだな……」

「ほんとだよ……！　いっしょにいるとき、言《い》えばいーのに！」

カナの目《め》に、涙《なみだ》がにじむ。

赤坂《あかさか》も、複雑《ふくざつ》そうに、目《め》をほそめている。

（……さみしいな）

すなおに、そう思《おも》った。

うれしいとき。

みんなで、いろんな気持《きも》ちを、わかちあいたいとき。

ハイタッチして、もりあがりたいとき。

そういうときに、ライトがいないのが、すごく、さみしかった。

沈黙《ちんもく》をやぶったのは、赤坂《あかさか》の声《こえ》だ。

「――――なあ。虹ヶ丘《にじがおか》は、このままでいいのか？」

「え？」

いつのまにか、うつむいてしまっていた顔《かお》をあげる。

赤坂《あかさか》の、おおきな瞳《ひとみ》と、目《め》があった。

「こんなふうに、おちこんだまま、月読《つくよみ》に、なにもいわないまま……じぶんの気持《きも》ちからも、月《つく》読《よみ》からも、にげたままで、いいのか？」

「！」

にげる。

そのことばに、わたしは、びくりと肩《かた》をゆらす。

カナが、あわてたように赤坂《あかさか》のそでをつかんだ。

「ちょ、やめなよ、赤坂《あかさか》！　唯以《ゆい》の気持《きも》ち、かんがえて……」

「かんがえてるからこそだよ」

赤坂《あかさか》は、きびしい声《こえ》で、カナの反論《はんろん》をおさえつけた。

「虹ヶ丘《にじがおか》。これを見《み》てほしい」

赤坂《あかさか》は、まっすぐに、わたしを見《み》すえたまま。

ポケットのなかから、なにかをとりだした。

ばらばらにちぎれた紙《かみ》を、テープで、つぎはぎしたもの。

赤坂《あかさか》のとりだした紙《かみ》を見《み》て、カナが「あ！」と、声《こえ》をあげる。

どうやら、カナは、それがなにか、知《し》っているらしい。

「これ……？——！」

赤坂《あかさか》から、紙《かみ》をうけとり、息《いき》をのむ。

——それは、ライトがかんがえていたらしい、つぎの曲《きょく》の歌詞《かし》だった。

カナが、もうしわけなさそうに、あやまった。

「ごめん、唯以《ゆい》。それ、あたしがひろったんだ。唯以《ゆい》には、言《い》えなくて、赤坂《あかさか》に相談《そうだん》して……」

「で、おれは、いま、虹ヶ丘《にじがおか》に見《み》せるべきだと思《おも》って、見《み》せた」

ふるえる手《て》で、わたしは歌詞《かし》をうけとり、そこに目《め》をやる。

「…………っ！」

「虹ヶ丘《にじがおか》は、これを見《み》ても、月読《つくよみ》と話《はな》さないままで、後悔《こうかい》しないか？」

ズキズキ、ズキズキ。

胸《むね》が、息《いき》もできないくらい、いたい。
「もちろん、このまま、はなれるのも、ぜったいにダメってわけじゃねーよ。
そういう選択《せんたく》も、あると思《おも》う。
だけどさ。
虹ケ丘《にじがおか》は、それで後悔《こうかい》しないのか？
月読《つくよみ》との時間《じかん》を、わすれよう、わすれようとしながら、生《い》きて……。
それで、月読《つくよみ》に、わすれられても、いいのか？」
「――――！」
（ライトに……わすれられる？）
赤坂《あかさか》のことばに、目《め》がさめるようだった。
いやだ。
それだけは、ぜったい、いやだった。
指先《ゆびさき》が、冷《ひ》えていく。
（そんなの、たえられない）
わたしにとって、はじめての恋《こい》をしたひとだから。

いろんな、はじめてを、くれたひとだから。

(あの、キラキラした時間《じかん》を……なかったことに、されたくない)

ワガママだと思《おも》う。

自分勝手《じぶんかって》だと思《おも》う。

でも、それでも。

(────わすれたくない。わすれられたくない)

たとえ、二度《にど》と、会《あ》えなくても。

(やだ。いやだよ、ライト……)

わたしのこと、わすれないで────!


「……わたし、いかなきゃ!」

(ライトと、話《はな》したい。ライトの気持《きも》ちを、ききたい)

歌詞《かし》をにぎりしめ、わたしは宣言《せんげん》する。

ライトのところに、いかなきゃいけない。

まだ、間《ま》に合《あ》うのか、わからない。

でも、たとえ、もう、イギリスにかえっていたとしても。

どうしても、さいごに、もういちど、話《はな》したい……！

「虹《にじ》ケ《が》丘《おか》なら、そう言《い》うと思《おも》った」

赤坂《あかさか》が、あかるく笑《わら》う。

カナが、「だ、だったら！」と、泣《な》きそうな顔《かお》で、わたしの手《て》をにぎった。

「あたし、すぐに月読《つくよみ》の帰国日《きこくび》、先生《せんせい》にきいてくる！　学校《がっこう》からいなくなっても、すぐに、かえったとは、かぎらないもんっ」

「おれも、月読《つくよみ》が、いま、どこにいるか、しらべてくる！　マンションいって――」

赤坂《あかざか》が言《い》いおわるまえに。

「――ライトくんのいばしょなら、わかる

よ」

あたらしい声《こえ》が、教室《きょうしつ》に、はいってきた。

そこにいたのは――。

「遠野《とおの》さん!?」

おどろきのあまり、かたまってしまう、わたしたち。

遠野《とおの》さんが、ずかずかと歩《ある》いて、わたしの前《まえ》に立《た》った。

「ライトくん、今日《きょう》、イギリスにかえるんだって。

午後《ごご》5時《じ》15分《ふん》に中央駅発《ちゅうおうえきはつ》の、特急電車《とっきゅうでんしゃ》で空港《くうこう》にむかうって言《い》ってた」

「え――!」

カナが、信《しん》じられないって顔《かお》で、遠野《とおの》さんにつめよる。

「ちょ、ちょっと、遠野《とおの》、それ、マジなわけ?」

「ライトくんにきいたから、ほんとうだよ」

遠野《とおの》さんが、早口《はやくち》でしゃべる。

「ライトくんね、おととい、わざわざ、あたしの家《いえ》まで来《き》て、〝この前《まえ》は、言《い》いすぎて、わるかった〟って、あやまってくれたの。あたしこそ、勝手《かって》なこと言《い》ったのにね」

ライトが、そんなことを……。

わたしの胸《むね》が、あたたかくなる。

「……ライトくん、やさしくなった。音楽《おんがく》も……あきらかに、変《か》わったの。それって、きっと、虹ヶ丘《にじがおか》さんのおかげなんだと思《おも》う」

「だから……虹ヶ丘《にじがおか》に、協力《きょうりょく》してくれるってわけ？」

赤坂《あかさか》の問《と》いかけに、遠野《とおの》さんは、ちいさく、首《くび》を横《よこ》にふった。

「あたしはライトくんのファンなんだよ？　ライトくんの音《おと》に、虹ヶ丘《にじがおか》さんが必要《ひつよう》だって言《い》うなら、協力《きょうりょく》するにきまってる。……いちど、じゃましちゃったからこそ、なおさらね」

「遠野《とおの》さん……」

「無駄話《むだばなし》してるひまはない。ほら、虹ヶ丘《にじがおか》さん、いそいで！」

遠野《とおの》さんに言《い》われ、わたしは、強《つよ》く、うなずいた。

「――うん！　ありがとう、遠野《とおの》さん」

いま、午後《ごご》4時《じ》30分《ぷん》。

ライトが電車《でんしゃ》にのるまで、あとすこししかない！

これから、中央駅《ちゅうおうえき》まで、ぎりぎりってところ。

だから、わたしは、走《はし》りだす。

「カナも、赤坂《あかさか》も、ありがとう――!」

やさしい親友《しんゆう》たちに、お礼《れい》を言《い》って。

大好《だいす》きなひとのところへ、駆《か》けていく。

(もういちど、会《あ》いたい――!)


虹《にじ》ヶ《が》丘《おか》唯以《ゆいい》が、さっそうと、駆《か》けていき。

遠野《とおの》真美恵《まみえ》も、「それじゃ」と、教室《きょうしつ》を去《さ》る。

のこされたのは、柊木《ひいらぎ》カナと赤坂《あかさか》日向《ひなた》の、ふたりだけだ。

「……赤坂《あかさか》は、これで、よかったの?」

ぽつり。

急《きゅう》に、カナが、問《と》いかけた。

「あたし……赤坂《あかさか》は、唯以《ゆい》が好《す》きだと思《おも》ってた」

消《き》えそうな声《こえ》で言《い》うカナに、日向《ひなた》は苦笑《くしょう》をうかべる。

「うわっ、ばれてるとか、かっこわりー……って、まあ、いいんだよ。虹《にじ》ヶ丘《がおか》が笑《わら》ってるのが、おれにとっては、いちばん、だいじだし？」

「赤坂《あかさか》……」

カナが、そっと、目《め》をふせる。かぼそい声《こえ》で、つぶやいた。

「……恋愛《れんあい》って、むずかしいね。だれも、わるくないのに、みんなが、しあわせには、なれない。せめて……好《す》きになるひとを、えらぶことができれば、きっと、もっと、楽《らく》だったのに」

「そ？　おれは、そうは思《おも》わないけどね。

たとえ、かなわなくても、好《す》きになれたこと自体《じたい》が、しあわせだし」

日向《ひなた》は、なつかしいものを思《おも》い出《だ》すように、教室《きょうしつ》の窓《まど》から空《そら》を見《み》あげる。

「虹《にじ》ヶ丘《がおか》ってさー、ずっと、つまんなそうな顔《かお》してたんだ。なにやっても、熱《あつ》くならない。ゆいいつ、真剣《しんけん》だったのは、ミュージカルの練習《れんしゅう》だけ。

だから、虹《にじ》ヶ丘《がおか》の、たのしそうな顔《かお》が見《み》たくて、月読《つくよみ》の話《はなし》、前《まえ》むきにかんがえてみたら？　って、言《い》ったくらい。

――じっさい、やっぱり、虹《にじ》ヶ丘《がおか》、月読《つくよみ》に会《あ》って、すこしずつ、かわっていったよ。あんなふうに、毎日《まいにち》、たのしそうな虹《にじ》ヶ丘《がおか》、おれ、はじめて見《み》たし。

虹ヶ丘《にじがおか》にとっては、月読《つくよみ》が必要《ひつよう》なんだ。
おれは――……虹ヶ丘《にじがおか》の、あんな顔《かお》が見《み》られただけで、しあわせだったよ」
「…………赤坂《あかさか》って、おひとよしすぎ」
はあ、と、カナが、ため息《いき》をつく。
「……それを言《い》ったら、月読《つくよみ》にとっても、唯以《ゆい》は、必要《ひつよう》な存在《そんざい》だったんだと思《おも》う。
だってさ、遠野《とおの》も言《い》ってたでしょ？　月読《つくよみ》のかわりよう。
あんなに、えらそうで、あんなに、ひとりぼっちだったのに――。
あいつ、どんどん、かわっていったもん。
唯以《ゆい》のおかげだよ」
「はは、たしかに」
日向《ひなた》が、しあわせそうに、ほほえむ。
「きっと、あのふたり、運命《うんめい》みたいに、ひかれあったんだろーな。
もともと、ひとつだった存在《そんざい》みたいにさ。
曲《きょく》と声《こえ》がかさなって、ひとつの歌《うた》になる感《かん》じっていうか。
……奇跡《きせき》みたいだよな」

運命《うんめい》で、奇跡《きせき》。

そのことばが、にあいすぎて、カナは、くちびるを、ひきむすぶ。

親友《しんゆう》の恋《こい》が、どうなるのか。

それは、自分《じぶん》たちには、わからない。

ただ——どうか、しあわせになれるように、と。

夕暮《ゆうぐ》れの空《そら》に、祈《いの》りをささげた。


「ところでさ」

ふと、日向《ひなた》が、カナを見《み》た。

「こんな話《はなし》するなんて、もしかして、柊木《ひいらぎ》も、好《す》きなひとがいるの？　まさか、月読《つくよみ》？」

「はあ？　もう、あんたって——」

真剣《しんけん》な顔《かお》の日向《ひなた》に、カナは、ふかく、ふかく、息《いき》を吐《は》く。

あきれきった声《こえ》で、ひとことだけを、つげた。

「——ばか」

16 「さよなら」を、きみと

学校《がっこう》から、バス停《てい》まで、必死《ひっし》に走《はし》って。
バス停《てい》から、駅《えき》まで、また、走《はし》って。
階段《かいだん》を駆《か》けのぼり、改札《かいさつ》をＩＣカードでとおりぬけ。
空港行《くうこうい》きの特急電車《とっきゅうでんしゃ》がとまるホームに、駆《か》けこむ。
時計《とけい》を見《み》れば——時刻《じこく》は、午後《ごご》５時《じ》５分《ふん》。
(あと10分《ぷん》しかない！)
悲鳴《ひめい》がもれそうになる。
だけど、さけんでいる時間《じかん》もおしくて。
たくさんのひとで、にぎわうホームを、ライトをさがして、走《はし》りまわる。
視界《しかい》のはしに、きらめくブロンドが見《み》えた。

「――――――ライトッ！」

おもわず、声《こえ》が出《で》る。

まばゆい金髪《きんぱつ》がふりかえり、ダークブルーの瞳《ひとみ》がおおきくひらくのが見《み》えた。

だれもが、ふりかえらずには、いられない。

ととのった容貌《ようぼう》と、あふれでるトクベツな雰囲気《ふんいき》。

ひとをひきつける、天性《てんせい》の存在《そんざい》。

（ああ、ライトだ）

１週間《しゅうかん》ぶりに見《み》るライトのすがたに、胸《むね》が、甘《あま》く、うずく。

音楽《おんがく》の神《かみ》さまに愛《あい》された、天才作曲家《てんさいさっきょくか》、月読《つくよみ》ライト。

（そして――……わたしの、好《す》きなひと）

好《す》き。

そう思《おも》うだけで、せつなさと、いとしさが、こみあげてくる。

「唯以《ゆい》!?　どうして」

「これ、読《よ》んだよ」

「つ、それは……！」

「カナが、見《み》つけてくれたんだ」
にぎりしめた歌詞《かし》をさしだすと、ライトがことばをうしなった。
ライトの字《じ》でかかれた、つぎの曲《きょく》のメモ。
そこに書《か》かれていたタイトルは——。
『一生《いっしょう》、わすれられない恋《こい》』。
歌詞《かし》には、はじめて出会《であ》った歌姫《うたひめ》への恋《こい》が、つづられていた。
勇気《ゆうき》をふりしぼり、ライトを見《み》あげる。
「これ……わたしの、こと？」
もしかしたら、ちがうのかもしれない。
たんなる、想像《そうぞう》したストーリーかもしれない。
でも……わたしのことであってほしいと思《おも》った。
だからこそ、真実《しんじつ》が知《し》りたくて、ここまで来《き》たんだ。
ライトが、一瞬《いっしゅん》だけ、息《いき》をのんで。
いきおいよく、両手《りょうて》をのばしてきた。
強《つよ》い力《ちから》で、引《ひ》きよせられる。

「っ、あたりまえだろう！　唯以《ゆい》しか、いない！」
うそ……！
ほんとうに――!?
目《め》の前《まえ》が、キラキラとひかる。
ライトの、まばゆい髪《かみ》に、視界《しかい》をうばわれる。
こんな、くるしい、運命《うんめい》みたいな恋《こい》、するはずないって、思《おも》ってた。

だけど、もしも、この恋《こい》が、すこしでも、むくわれるなら――。

「唯以《ゆい》」

甘《あま》くて、せつない声《こえ》が、わたしの名前《なまえ》を呼《よ》ぶ。


「おれは、おまえが、好《す》きだ」


(あ――……!)

心臓《しんぞう》が、はねる。

呼吸《こきゅう》が、みだれる。

(……ほんとうに、ほんとう、なんだ)

ふれあった手《て》のひらから、ライトのぬくもりが、つたわってきた。

「唯以《ゆい》のことを想《おも》うと、インスピレーションがあふれてくる。唯以《ゆい》は、おれの歌姫《うたひめ》で、創作《そうさく》の女神《めがみ》なんだ。……ほんとうは……はなしたくない」

ぎゅ、と、からめあう指《ゆび》に、力《ちから》がこもる。

切実《せつじつ》なひびきで、ライトが声《こえ》をしぼりだす。

「ぜったいに、はなしたくない。ずっと、ずっと、いっしょにいたい……！」

「ライト……」

くるしそうな表情《ひょうじょう》は、見《み》ているだけで、胸《むね》がしめつけられた。

(ライトも、つらいんだ)

きれいな顔《かお》が、ゆがむのを見《み》て、くるしくなる。

涙《なみだ》が、にじんだ。

言《い》わずに、いられなくて。

「わたしも、ライトが好《す》きだよ！　この曲《きょく》と、いっしょ。すごく、好《す》き。大好《だいす》き。ほんとうに、好《す》き……！」

「！　唯以《ゆい》……っ」

うれしい。

だけど、くるしい。

(せっかく、両思《りょうおも》いになれたのに)

なのに、わたしたち、はなれなきゃいけないんだ。

涙《なみだ》が、とまらない。

涙腺《るいせん》が、こわれちゃったみたい。

「――ありがとう」

ライトが、しずかに、ほほえんだ。

きれいなダークブルーの瞳《ひとみ》が、やさしくほそめられる。

「ライト」

「さよならは、言《い》わない。だって、おれは、ずっとずっと、唯以《ゆい》のことを想《おも》うから。会えなくても、はなれていても、おれの心《こころ》はずっと、唯以《ゆい》のそばにいるから……」

「！」

特急列車《とっきゅうれっしゃ》が、ホームに入《はい》ってくる。

開《ひら》いたドアから、乗客《じょうきゃく》がはきだされた。

人《ひと》の波《なみ》が、ふえる。

大人《おとな》たちのなかで、わたしたちは、荒波《あらなみ》にもまれる小舟《こぶね》みたいだ。

この電車《でんしゃ》に乗《の》って、ライトはいかなきゃならない。

（もうすぐ――！）

この時間《じかん》が、永遠《えいえん》に、とまればいい。

だけど。

時計《とけい》の針《はり》が、ちいさくうごく。

午後《ごご》5時《じ》15分《ふん》。

「好《す》きだ、唯以《ゆい》」

さいごに、ほほえんで、ライトが、電車《でんしゃ》に乗《の》った。

「いつか、かならず――この曲《きょく》、歌《うた》ってほしい。きっと、むかえにくるから」

「ライト……」

「わすれるなよ。おまえは、おれの、シンデレラだ」

いつもの、自信《じしん》にあふれた笑《え》み。

手《て》には、『一生《いっしょう》、わすれられない恋《こい》』の歌詞《かし》がある。

だけど……ライトの瞳《ひとみ》には、涙《なみだ》がにじんでいた。

電車《でんしゃ》のドアが閉《し》まる。

発車《はっしゃ》のあいずが、ホームに、ひびきわたった。

（あ――）

電車《でんしゃ》がうごきはじめて。

窓《まど》から見《み》えるライトの顔《かお》が、とおざかっていく。
金色《きんいろ》のきらめきが、いつまでも、心《こころ》にのこって。
わたしのほおを、涙《なみだ》が、しずかに、すべっていった。
（わたしたち、きっと、また、会《あ》えるよね……？）

わたしが、ライトと、ふたたび出会《であ》うのは、もうすこし、あとのこと――。

あとがき

こんにちは、西本紘奈《にしもとひろな》です。

あたらしい学年《がくねん》にすすんで、3ヶ月《かげつ》くらいですよね。みなさん、どんなかんじですか？

私《わたし》は、今回《こんかい》、自分《じぶん》の高校生《こうこうせい》のころを思《おも》い出《だ》しながら、書《か》いていました。

じつは私《わたし》も、友人《ゆうじん》の楽曲制作《がっきょくせいさく》を手伝《てつだ》ったことがあるんです。

とはいっても、この本《ほん》の唯以《ゆい》たちとはちがって、作詞《さくし》とか、ホントに小《ちい》さなお手伝《てつだ》い。

けど、楽曲《がっきょく》が作《つく》られていく様《さま》は見《み》ていてドキドキしたし、とても楽《たの》しかったです。

いまでは、その友人《ゆうじん》は、世界《せかい》で活躍《かつやく》する作曲家《さっきょくか》になりました。

夢《ゆめ》を叶《かな》えた友人《ゆうじん》を心《こころ》から尊敬《そんけい》するとともに、一緒《いっしょ》の時間《じかん》を過《す》ごせたことに感謝《かんしゃ》しています。

みなさんも、ぜひ、夢中《むちゅう》になれることを、せいいっぱいやってみてくださいね！

さて、では、今回《こんかい》も、いただいたお手紙《てがみ》から、いくつかご紹介《しょうかい》したいと思《おも》います！

まずは、あやりんさん。〝ユキヤが紅葉《くれは》に残《のこ》したメッセージのところで、自然《しぜん》と涙《なみだ》が落《お》ちてしまいました〟とのこと。ユキヤたちのために泣《な》いてくれて、ありがとう。

〝キュンキュンするけど、すこし切《せつ》なさがまじっていて……チョコみたい〟という感想《かんそう》を書《か》いてくださったのは、レモンミントさん。ステキなおことばに、感動《かんどう》しました！

私《わたし》のほうこそ、レモンミントさんのお手紙《てがみ》に、とっても救《すく》われています。

ティアさんは、感想《かんそう》と、刺激的《しげきてき》な恋《こい》バナも教《おし》えてくれました。

気《き》になる子《こ》がたくさんいると、毎日《まいにち》ドキドキしちゃいそう！　本命《ほんめい》は決《き》まったかな？

〝こんな恋《こい》をしたいな～〟と書《か》いてくれた、スズメちゃんさん。きっと、運命《うんめい》みたいな恋《こい》が、くるよ！　思《おも》いっきり、恋愛《れんあい》をたのしんでね。かわいいイラストも、うれしかったです！

ほかにも、みなさん、本当《ほんとう》にありがとうございました！

また、感想《かんそう》や、自分《じぶん》の恋《こい》について、教《おし》えてくれると、うれしいです。

おそくなるけど、お返事《へんじ》しますので、ゆっくり待《ま》っていてください。

お手紙《てがみ》、お待《ま》ちしていますね！

西本紘奈《にしもとひろな》

★西本紘奈先生《にしもとひろなせんせい》へのファンレターはこちら
〒102-8078　東京都千代田区富士見《とうきょうとちよだくふじみ》1-8-19　角川《かどかわ》つばさ文庫《ぶんこ》　西本紘奈先生《にしもとひろなせんせい》あて

角川つばさ文庫

西本紘奈／作

10月23日生まれ、O型。おもな著作に「アリアではじまる聖譚曲」シリーズ、「紅玉の契約」シリーズ、「ロミオとシンデレラ」シリーズ、『恋愛裁判　僕は有罪？』『恋愛予報　三角カンケイ警報・発令中！』（すべて角川ビーンズ文庫）などがある。別名義でゲームシナリオも執筆。みんなからのお手紙に、お返事を書いてます！

ダンミル／絵

射手座B型のイラストレーター 。かっこいい男子を描くのが大好き。イラストを担当した作品に『リンドウにさよならを』（ファミ通文庫）がある。児童書はこのシリーズが初挑戦。

角川《かどかわ》つばさ文庫《ぶんこ》　Aに1-3

ぼくの声《こえ》が消《き》えないうちに。

初恋《はつこい》のシーズン

作《さく》　西本紘奈《にしもとひろな》

絵《え》　ダンミル

2018年6月15日　初版発行

発行者　郡司 聡
発　行　株式会社KADOKAWA
〒102-8177　東京都千代田区富士見 2-13-3
電話　0570-002-301（ナビダイヤル）
印　刷　暁印刷
製　本　BBC
装　丁　ムシカゴグラフィクス

ISBN978-4-04-631811-4　C8293　N.D.C.913　198p　18cm

読者のみなさまからのお便りをお待ちしています。下のあて先まで送ってね。
いただいたお便りは、編集部から著者へおわたしいたします。

〒102-8078　東京都千代田区富士見 1-8-19　角川つばさ文庫編集部